서먹한 엄마와

거친 남미로
떠났다

서먹한 엄마와
거친 남미로
떠났다

데면데면한 딸과 엄마의
3개월 남미 여행

조현주·이명희 지음

한국경제신문

친하지도 않은 엄마와
남미 여행이라고?

20대 초반에 한 달간 떠났던 유럽 여행이 시작이었을까. 대학 졸업 후 방송 작가로 일을 하면서 프로그램이 종영될 때마다 난 길 위에 서 있었다. 남들보다 조금은 빨랐던 사회생활에 모든 걸 빨리빨리 이루고도 싶었다. 치열하고 조급하게 살던 내 인생에 제동을 걸어준 건 바로 낯선 나라로의 '여행'이었다. 여행할 때만큼은 한국에서처럼 남들의 눈치를 볼 이유도, 속도전을 할 필요도 없었다. 어차피 방향이 다르고 목적지가 다르니까 말이다. 그저 오롯이 내 시간대로 움직이고 느끼면 되는 것이었다. 난 그렇게 '나'를 알아갔다. 그리고 충분히 즐기고 느끼는 법을 배웠다. 내가 젊은 날에 한 일 중에 가장 잘했던 일이 무엇이냐고 한다면, 시간이 허락하는 대로 여행을 다녔던 일이라고 자신 있게 말할 수 있다.

이런 나의 삶은 꽤 오랫동안 이어졌다. 안정적으로 취직을 해서 돈을 모으기보다는, 좋아하는 일을 하면서 번 돈으로 열심히 여행하는 데 썼다. 그런 딸이 걱정되어 쓴소리하는 아빠께 방패가 되어주셨던 건 엄마다. 자신이 사는 곳이 가장 안전한 곳이라 생각하고, 여행은 사치라고 생각하는 아빠와는 달리 엄마는 언제나 나의 꿈을 응원해주시며 더 큰 세상을 봐야 한다고 말씀해주셨다. 난 그런 엄마에게 감사했지만, 어떻게 표현을 해야 할지 모른 채 20대를 보냈다.

20대 때는 항상 여행 메이트가 있었다. 각자의 삶이 바빠지는 30대에 들어서 아주 길게 혼자 여행을 떠났다. 길에서 많은 친구들을 만났지만, 계속되는 허전함은 어쩔 수가 없었다. 혼자 여행을 하면 할수록 생각나는 사람이 있었는데 바로 '엄마'였다. 엄마 덕분에 내가 이렇게 자유롭게 여행을 할 수 있었는데⋯⋯. 생각해보니 난 이 나이가 되도록 엄마와 단둘이 여행을 해본 적이 없었다. 어쩌면 잘 아는 것 같으면서도, 낯설 수 있는 엄마. 둘이 하는 여행은 부담스러웠던 것도 사실이다. 그리고 막연히 '언젠가는 하게 되겠지' 생각하며 지금까지 왔다.

  서먹한 엄마와 거친 남미로 떠났다

그런데 어느 날, 엄마가 교통사고를 냈다. 계속 미루던 '언젠가'는 내가 능동적으로 행동하지 않으면 오지 않을 거란 생각이 들었다. 위기는 또 다른 기회를 만들어 낸다. 그렇게 난 엄마와 단둘이 가는 여행을 계획하게 되었다. 가까운 동남아나 우아하게 다녀올 수 있는 유럽 등 많은 곳이 있었지만, 조금은 난도가 있는 남미를 선택했다. 여행을 하다가 엄마가 돌아가자고 하면 언제든 돌아갈 생각이었다. 엄마는 무릎이 아파서 잘 걷기도 힘드셨기 때문이다. 하지만 엄마는 끝까지 해냈고, 지금은 이렇게 말씀하신다.

"이제 패키지여행은 시시해."

사실 엄마와 나는 팔짱을 서슴없이 끼고, 함께 쇼핑하러 다니며, 미주알고주알 일상을 말하며 대화를 하는 그런 모녀 관계가 아니었다. 아직 난 엄마에게 존댓말을 쓰며 동네에서 뵐 수 있는 어르신 정도로 대하고, 둘만 있으면 정적이 흘러 서먹하고 어색했던 적이 한두 번이 아니었다. 그도 그럴 것이 빠듯한 살림에 4남매를 키우느라 바쁘게 사신 엄마와는 어렸을 때부터 대화할 시간이 많지 않았다.

게다가 난 말수가 적은 아이였다. 마음속의 생각을 풀어 놓기보다는 모든 일을 혼자 해결하려고 하며 애를 썼다. 엄마에게 가끔 서운한 건 있었지만, 싸울 일은 별로 없었다. 이 모든 것들의 종합은 엄마와 내가 별로 친하지 않음을 의미했다. 그런 엄마와 하루 24시간을 붙어 있어야 한다니 여간 부담스럽지 않을 수 없었다. 하지만 여행 후엔 서먹했던 모녀 관계가, 아주 가까운 친구 사이가 되었다.

여행을 하면서 만났던 많은 사람들이 말했다. 어떻게 엄마랑 여행을 하느냐고. 대단하다고. 이는 '엄마'라는 호칭이 주는 여러 가지 느낌들이 있기 때문이라 생각한다. 어쩌면 자유로워야 할 여행에 뭔가 제약이 생기는 느낌도 든다. 하지만 엄마와 함께였기에 더 자유로웠고, 행복했고, 예상치 못했던 상황에서도 위로를 받을 수 있었다.

누군가와 여행을 하다 보면 평소에 몰랐던 그 사람의 여러 모습을 보게 된다. 엄마도 그랬다. 강인하고 억척스럽게 살아와서 호랑이 같은 이미지로만 느껴졌던 평소 엄마와 달

서먹한 엄마와 거친 남미로 떠났다

리 남미에서는 언어가 통하지 않아 웃고만 있던 순진무구한 엄마, 예상치 못한 상황에 겁먹은 엄마, 누군가의 칭찬 한 마디에 좋아하는 해맑은 엄마를 만났다. 사실 엄마라는 존재도 부모 자식 이전에 한 여자고 사람이다. 객관적으로 보고 인정을 하고 나면, 그 사람 자체로 인정하게 되고 더 풍요로운 관계가 된다. 어떤 관계에서든 마찬가지인 것 같다.

이 책은 3개월이라는 어쩌면 길다면 길고, 짧다면 짧은 시간 동안 함께 남미를 누비며 다녔던 엄마와 딸의 여행기이자 성장 스토리이기도 하다. 이 책을 읽어 나가다가 소중한 누군가가 생각이 난다든지 가고 싶은 장소, 하고 싶은 일이 생긴다면 주저하지 말고 바로 행동으로 옮겼으면 한다. 그렇지 않더라도, 문득 삶에 대한 다른 깨달음을 얻고 살며시 미소를 짓는다면 그 자체로 더없이 소중하고 행복한 일이 될 것이다. 소중한 누군가와 함께 하는 여행, 그로 인해 풍요로워지는 인생에 항상 축복이 가득하길 바라며……

한국

○

그 모든 건 사고로 _____

_____ 시작되었다

_____ 어느 평화로운 평일 저녁이었다. 평소 같았으면 몇 번 울리고 말았을 전화가 계속해서 울려댔다. 직감으로 알 수 있었다. 어떤 큰일이 일어났다는 것을. 전화를 받자 아빠의 다급한 목소리가 이어졌다.

"엄마가, 교통사고를 냈어. 빨리 보험회사에 연락해봐."

"네? 어디서? 엄마는······."

엄마의 안위를 걱정하기도 전에 끊긴 전화. 전화를 끊자마자 마음이 쿵쾅거리기 시작했다. 언제나 그렇듯 사건은 예고 없이 찾아온다. 예고가 있다면 뭔가 달라지는 결말이 되었을까. 일단은 아직 상황을 모르니 마음을 진정시키고 보험회사

서먹한 엄마와 거친 남미로 떠났다

에 사고접수를 해야 한다. 일하던 중에 전화를 받았기에 바로 달려 나갈 수도 없는 노릇이었다. 엄마는 전화를 받지 않으셨다. 그래서 더 좋지 않은 쪽으로 마음을 키워갈 수밖에 없었다. 갑자기 손발이 떨려 왔다.

30년이 넘는 인생을 살아오면서 아빠의 걱정을 했으면 했지, 엄마의 걱정을 해본 적은 없는 것 같다. 그런데 지금 그동안 하지 않았던 엄마에 대한 걱정이 폭풍처럼 몰려왔다. 그리고 하늘에 계신 그분께 기도를 했다.

"제발, 우리 엄마를 지켜주세요."

그리고 난 다급하게 하던 일을 정리하고 양해를 구한 뒤, 집으로 향했다. 가는 길에 든 생각은 단 하나뿐이었다. 엄마가 괜찮기를 바라는 것.

집에 갔더니 엄마가 계셨다. 많이 다쳤을 줄 알았는데 엄마는 일상적으로 엄마의 할 일을 하고 계셨다. 그런데 얼굴빛은 많이 놀란 듯 창백했다.

"엄마 괜찮아요?"

"놀라긴 했는데 괜찮아."

"그러게 왜 또 밤에 운전을 해요!"

언제나 그렇듯 걱정으로 시작된 대화가 질타로 바뀌는 순간이었다. 엄마는 그 순간 아무 말도 없었다. 안 그래도 놀랐을 텐데 내가 한술 더 떴던 거다. 난 금방 또 엄마 눈치를 본다. 엄마가 괜찮은 것만으로도 다행인데 표현이 또 마음과는 정반대로 나갔다.

"차는 어디 있어요?"

"차는 그대로 있지. 정말 잘못했다간 죽을 뻔했어.

"청심환 먹었어요?"

"아니!"

"청심환 꼭 먹어요! 지금은 괜찮은 거 같아도 분명 놀랐을 거라고!"

난 바로 사고가 났다는 장소로 갔다. 집에서 멀리 떨어지지 않은 곳이었다. 여느 때와 같이 차를 타고 외출을 하려던 엄마. 시동을 걸고 속도를 줄이려고 브레이크를 밟았는데 브레이크가 말을 듣지 않고 차가 전속력으로 달리더란다. 말로만 듣던 '급발진'이었다. 직진으로 가면 건물 벽에 부딪혀 차가 박살이 나는 거였는데, 엄마는 순간 방향을 틀었다고 했

  서먹한 엄마와 거친 남미로 떠났다

다. 앞에 있던 차 두 대를 박고 차가 정지한 곳은 전봇대와 건물 사이의 공간이었다. 벽에라도 부딪혔더라면……. 생각만 해도 아찔했다. 이 정도인 게 천만다행이었고, 하늘이 도우셨다는 생각이 들었다.

그리고 며칠 뒤 차는 폐차되었다.

엄마라는 존재. 항상 옆에 든든하게 계실 줄만 알았는데 이번 일로 다시 생각하는 계기가 되었다. 그리고 지금 내가 서 있는 위치를 확인하게 됐다. 엄마에 대해 잘 안다고 생각했는데, 그러고 보니 아는 것이 없다는 생각이 들었다. 엄마가 뭘 좋아하고, 하고 싶은 게 뭔지에 대해 말이다. 엄마와의 추억도 그리 많지 않았다.

어렸을 때는 거의 생각이 나지 않고, 10대는 대부분의 시간을 학교에서 친구들과 보냈고, 20대 때는 대학을 가면서 부모님과 떨어져 살았다. 30대를 보내고 있는 지금은 서로의 삶의 방식이 많이 달라져 있었다.

며칠 뒤, 난 엄마에게 물었다.

"엄마, 혹시 지금 제일 해보고 싶은 거 있어요?"

"해보고 싶은 것보다는……. 외삼촌이 사는 곳에 가보고 싶어."

외삼촌은 엄마에게 있어선 동생이자, 아들 같은 느낌의 존재다. 엄마는 첫째이기에 동생들에 대해서도 남모를 책임감을 가지고 계셨다. 외삼촌은 한국에서 사시다가 일 년 전에 남미에 있는 파라과이로 이민을 가셨다. 엄마는 본인이 뭘 하고 싶냐고 묻는 질문에도 자신보다는 외삼촌을 궁금해 하고 있었다. 어쩌면 내가 아니면 엄마는 동생이 살고 있는 땅을 밟아보지 못할 수도 있겠다는 생각이 들었다.

그리고 남미는 오래전부터 내가 꿈꿔왔던 여행지이기도 했다. 만약 남미 여행을 가게 된다면 오랜 기간 동안 떠나 있으려고 아껴 두었었는데, 불현듯 지금이 기회인가 하는 생각이 들었다. 난 엄마한테 호기롭게 말했다.

"엄마, 남미 갑시다. 3개월 정도 시간 내요!"

"한 달만 갔다 오면 안 되나?"

"한 달은 안 되지. 비행기를 얼마나 타고 가는데."

서먹한 엄마와 거친 남미로 떠났다

말은 해 놓았지만 걱정이 밀려오기 시작했다. 무릎이 아파서 걷는 것도 힘들어하시는 엄마를 모시고 3개월간 남미 여행이라고? 한편으론 엄마가 포기해 주길 바라는 마음도 있었다. 하지만 엄마는 끝까지 가시겠다고 했고, 우린 그렇게 남미로 향하는 비행기 표를 예약했다.

떠나기 전날까지도 참 바빴다. 지방에서 부랴부랴 서울로 올라와야 했다. 일이 있어서 나 먼저 서울로 올라오고 엄마는 막차를 타고 올라오시기로 했다. 그런데 고속버스를 타고 가는 도중 도로 한복판에서 "쾅" 하고 소리가 나며 버스가 주저앉았다. 사고가 난 것이다. 뒤에서 오던 트럭이 내가 타고 있던 버스를 들이받았다. 차는 앞으로 가지 못하고 갓길에 주차했다. 버스에 타고 있던 승객들은 한참을 기다린 후에 다른 버스에 옮겨 탔다. 그렇게 우여곡절 끝에 서울에 도착할 수 있었다.

다행히 다친 곳은 없었지만 나도 모르게 피식 웃음이 났다. 엄마의 교통사고로 기획하게 된 남미 여행인데, 떠나기 전에 내가 이렇게 또 교통사고를 당할 줄이야…….

어떤 사고든 예고 없이 찾아온다. 인생에서 말하는 '우연'이란 것들은 어쩌면 교통사고와도 같이 시작되는지도 모른다. 생각지도 못하게, 아주 갑자기. 그리고 그 사건으로 인해 행동해야 할 목표와 방향이 설정되는 게 아닐까. 그대로 앉아 있을 것인가, 아니면 어딘가로 움직일 것인가! 우린 움직이기로 선택을 했고, 그렇게 남미로 나아가기로 했다.

서먹한 엄마와 거친 남미로 떠났다

우연은 교통사고처럼 어느날 문득
생각지도 못하게 찾아온다
그렇게 우리의 여행은 시작되었다

브라질

○

이제는 내가 엄마의 _____

_____ 보호자다

_____ 환갑을 넘긴 엄마와 여행을 하려면 여러 가지로 생각해야 할 것들이 많다. 우선 숙소 문제다. 혼자나 친구들과 다니던 즐거움 위주의 여행과는 달리 편안함이 우선이 되어야 한다. 그래서 처음엔 무조건 호텔로 정했다. 걷는 것은 최소화하고, 교통수단은 되도록 빨리 목적지에 가는 것으로 선택해야 한다. 체력적으로 무리가 가지 않게 말이다. 재미를 추구하는 여행이 아닌 안전을 선택하는 여행이 될 수밖에 없다. 여행을 준비하면서부터 많은 제약에 혼자 생각에 잠겼다.

'엄마와 여행을 한다는 게 쉬운 일은 아니겠구나.'

서먹한 엄마와 거친 남미로 떠났다

하지만 이미 주사위는 던져졌고, 감정에 빠져 있기보다는 선택을 해야 할 때다.

남미 여행을 할 때 루트는 시계 방향과 반시계 방향, 두 가지 방법 중에 선택을 할 수 있다. 시계 방향은 대부분 페루에서 시작을 해서 브라질로 아웃을 하게 되고, 반시계 방향은 브라질에서 시작하여 페루에서 아웃을 할 수도, 아니면 육로로 중미까지 올라갈 수도 있다. 많은 사람들이 선택하는 루트는 페루에서 시작하여 시계 방향으로 여행하는 루트 같았다. 하지만 여러 가지 여건을 고려해볼 때 우리는 브라질에서 시작하여 반시계 방향으로 여행을 하는 것이 최선이었다. 그래서 처음 시작을 브라질로 정했다.

여행을 시작할 때 계획을 세우는 일부터가 출발점이고 그 단계가 제일 설렐 때이거늘, 난 그렇지 않았다. 누군가와 함께 여행을 갈 때 서로 의논을 하면서 의견을 맞춰 가는 것도 여행의 재미라면 재미인데 난 모든 결정을 혼자 내려야 했다. 엄마가 모든 결정권을 나에게 일임했기 때문이다. 거기에 여행에 필요한 큰 짐들도 다 내가 짊어지고 가야 했다. 엄마는 지금 무릎이 아파서 걷는 것도 힘드시기 때문이다.

짐을 쌀 때부터 우리는 삐걱대기 시작했다. 나는 오랜 여행의 경험으로 미니멀리즘을 지향하는 여행자다. 짐은 최소한으로 가져가고 현지에서 조달하자는 주의다. 해외여행 초보 시절에는 가는 나라마다 기념품을 남겨야 한다며 욕심을 부린 적도 있다. 하지만 오랜 경험 끝에 그것들이 얼마나 부질없는 짓이었나를 알게 됐다. 그 이후로 여행을 갈 때는 많은 것을 가져가지도, 가져오지도 않는다. 하지만 엄마에겐 이렇게 긴 여행이 처음이다. 그리고 그렇게 그리던 외삼촌 댁도 가게 된다. 엄마의 욕심이 과할 수밖에 없는 상황이다.

수고보다는 간편한 게 최고이고 선물도 돈으로 해결하겠다는 나와는 달리, 엄마는 정성이 가득 담긴 선물을 주는 것을 좋아했다. 그러기에 엄마는 외삼촌 댁에 간다는 들뜬 마음으로 외삼촌이 좋아하지만 파라과이에서는 구하기가 힘들다는 미숫가루를 방앗간에서 빻아 오셨다. 그리고 외삼촌께서 직접 부탁했던 짐까지 더하니 30인치 캐리어 안이 꽉 찼다. 그 짐을 빨리 덜어내는 것이 최선이었기에 여행을 시작하는 장소를 파라과이에서 가장 가까운 브라질로

서먹한 엄마와 거친 남미로 떠났다

결정할 수밖에 없었다. 나는 짐을 싸면서도 계속 투덜댔다. 하지만 남미라는 나라가 어디에 있는지 아직 모르는 엄마는 그저 자신이 비행기를 타고 남동생네 간다는 느낌이었을 거다. 그래서 그 마음으로 수고와 노력을 하며 짐을 가득 싣고 있는 것인지도 몰랐다. 그렇게 생각하니 좀 이해를 할 수 있었다.

한국에서 여행 준비로 분주했던 시간이 끝나고 비행기에 몸을 싣고서야, 드디어 한국을 떠나서 여행을 시작한다는 사실이 실감 났다. 그리고 우리는 자그마치 두 번이나 비행기를 갈아타야 한다. 남동생을 보러 간다는 생각과 아직은 남미라는 대륙이 막연한 엄마의 설렘과는 달리, 나는 하루 하고도 더한 시간을 비행기 안에서 어떻게 견디며 그 이후의 일정은 또 어떻게 버틸까 하는 걱정이 밀려왔다. 준비가 부족하면 부족한 대로 재미있고 기대감과 설렘이 폭발하던 전과는 다른 여행을 대하는 나의 태도가 나 자신도 낯설었다. 어쩌면 아주 오래전부터 기대하고 고대한 이 여행에 막연히 들뜨지 못하는 건 누군가를 보호하고 지켜야 한다는 책임감의 무게 때문이 아니었을까.

브라질

브라질로 향하는 여정은 생각했던 것 이상으로 멀고도 험난했다. 미국에서 브라질로 가는 비행기 안은 추워도 너무 추웠다. 만반의 준비는 다 했지만 갖가지 힘든 내색을 하는 나와는 달리 엄마는 오히려 장시간의 비행이 괜찮은 것처럼 보였다. 난 계속해서 엄마의 건강 상태를 체크했다. 환갑이 훨씬 넘으신 엄마의 나이에 솔직히 이런 장시간의 비행은 무리일 수도 있기 때문이다.

서먹한 엄마와 거친 남미로 떠났다

그렇게 하루 꼬박 넘는 시간을 비행기를 타고 드디어 우리는 브라질 리우데자네이루Rio de Janeiro에 도착했다. 긴장이 조금은 풀리는 순간이었다. 그런데 웬걸! 아무리 기다려도 우리의 짐이 나오지 않는다. 더 이상 짐들이 나오지 않았을 때 나는 예측할 수 있었다. 우려하던 일이 일어난 것이다. 우리의 짐은 다른 곳에 격리되어 있었고, 공항 직원은 캐리어를 열어보라고 했다. 의심되는 물건이 있다는 것이다. 그건 바로 내가 걱정했던 미숫가루였다. 난 이들이 '가루'에 얼마나 민감한지 안다. 그래서 친절하게 미숫가루를 담은 봉투에 mixed grain(섞인 곡물)이라고 써 놨건만. 이들은 못 믿겠다는 눈치다. 가루에 들어간 성분을 하나하나 묻기 시작했고, 직접 가루를 찍어 맛을 보기도 했다.

검사를 받고 공항 밖을 나가도 좋다는 허락을 받았을 땐 난 이미 탈진 상태였다. 여행을 시작하기도 전에 이미 지쳐버린 듯하다. 하지만 우리의 여행은 이제 시작이고, 난 이제부터 엄마의 보호자다. 새삼 내가 너무 순식간에 많이 커버린 것 같다.

딸   엄마는 남미가 어디에 있는지 알고 가시겠다고 했어요?

엄마   아니. 당연히 몰랐지. 딸이 간다니까 간다고 했지.

딸   이렇게 비행기를 오래 탈 줄 알았어요? 두 번이나 갈아타고.

엄마   아니. 내가 뭘 아나! 그냥 너만 믿고 온 거지. 그런데 생각보
다는 괜찮았어.

딸   엄마는 괜찮았을지 몰라도, 난 너무 힘들었는데……. 그리고
난 미숫가루가 문제가 될 수도 있다는 예상은 했어요.

엄마   난 그냥 외삼촌이 사는 데가 더운 나라라고 하니까! 미숫가
루에 얼음 동동 띄워서 먹으라고 좋은 거 다 넣어서 정성 들
여 쩠지. 여름에 그만한 게 없잖아.

딸   브라질에 처음 도착했을 때 느낌은 어땠어요?

엄마   아, 드디어 도착했구나! 그리고는 별 느낌 없었어. 아직 모
르니까.

딸   맞네요. 그래도 중요한 건 우리가 무사히 도착했다는 사실
이에요.

엄마   그러네.

○

여행을 대하는 _____

_____ 우리의 자세

.

_____ 장시간의 비행은 환갑이 넘은 엄마에겐 무리
였나 보다. 엄마는 힘들다고 내색하지 않으셨는데, 오히려
그게 진짜 힘들어서 본인을 감춘 것이었다. 하지만 감추려고
한들 어떤 식으로든 나타나기 마련이다. 엄마는 브라질에 도
착하자마자 오줌소태를 겪었다. 이제 긴장이 풀렸다는 증거
였다.

　나 또한 예전과는 달리 체력이 많이 떨어진 것을 느낄 수
있었다. 30시간 이상 비행기를 타고 왔으니 당연한 것이리
라. 무리하면 안 된다. 여행도 컨디션과 체력이 뒷받침되어
야 한다. 그래서 우린 과감히 하루를 꼬박 호텔에서 잠만 잤

다. 일어나보니 브라질에서의 하루는 지나 있었고 밖은 어둑어둑해져 있었다. 우선 뭐라도 먹어야 했다. 우리는 브라질에 왔지만 브라질이라는 것을 체감하지 못했기에 브라질 전통 음식을 먹어보기로 했다. 검은콩과 각종 고기를 넣고 푹 끓인 브라질의 대표 요리 페이조아다Feijoada를 판매하는 음식점을 찾아갔다. 그렇지만 아직 전통 음식까지는 무리였나 보다. 비싼 값을 치르고 음식의 반을 남기고 왔다.

예전에는 시간을 쪼개서 무리하며 여행을 다녔는데 이제는 몸부터 챙겨야 함을 느낀다. 이전 여행의 키워드가 '절약'이었다면, 많은 경험을 하고 나이가 조금 든 지금은 '편안함'을 추구하게 된다. 여행 스타일도 경험과 나이에 맞게 변하는 법이다. 그냥 받아들이면 될 것 같다.

다음 날이 되자, 어디든 관광 명소를 가야 할 것 같아서 정보를 찾기 시작했다. 나는 치밀하게 계획을 세우고 다니는 여행보다는 즉흥적으로 다니는 편이다. 그리고 어떤 사람을 만나느냐에 따라 여행 계획이 달라지기도 한다. 어쩌면 참 줏대 없어 보이기도 한다. 엄마와 함께 다니는 입장에서는 어느 정도 치밀함도 필요한 것이거늘 여전히 난 내 스타일을 고집하고 있다.

가만히 보면 사람들이 여행하는 방법도 스마트폰 발전 속도에 맞춰 변하고 있다는 생각이 든다. 여행 일행을 구할 때도 예전에는 우연히 만나거나, 인터넷 카페에서 만나 동행이 되었다. 지금은 카카오톡 단톡방(단체 카톡방)에서 즉시 여행에 대한 정보를 공유하며 동행을 구할 수도 있다. 손안의 작은 세상에서 모든 것이 이루어진다. 그렇게 난 남미 단톡방에서 리우데자네이루에서 제일 유명하다는 코르코바두 Corcovado(예수상)에 함께 갈 일행을 만났다. 그리고 조심스럽게 덧붙여 물었다.

"엄마와 함께인데 괜찮으시겠어요?"

"그럼요!"

그렇게 요섭이를 만났다. 막 남미 여행을 시작한 초보 여행자인 우리와는 다르게 농익은 구릿빛 피부를 선보이고 있던 요섭이는 혼자 세계를 여행 중이었다. 호주에서 시작한 여행은 남미로 이동해 멕시코에서부터 내려와 브라질까지 왔다고 한다. 지금 있는 브라질은 남미에서의 마지막 여행지라 했다. 그리고 유럽으로 간단다.

요섭이는 자신의 에피소드를 들려주었다. 멕시코에 도착했을 때 에어비앤비(숙박업 사이트)로 방을 예약했고, 짐을 푼 뒤 배가 고파서 잠시 음식을 사기 위해 밖으로 나갔다고 한다. 그리고 10분 후에 숙소로 돌아왔는데 가방이 온데간데없이 사라졌다고. 여권은 물론 돈과 카메라까지 도난당했단다. 숙소도 안전한 곳이 아니었다. 이건 분명히 숙소와 관계된 사람들의 소행 같다고 추측했다. 그렇지 않고서야 이렇게 치밀하게 범행을 저지를 순 없었다. 화가 날 법도 한데 요섭이는 이렇게 말했다.

"얼마나 다행이에요! 훔쳐 가고 나서 제가 숙소로 들어간 게. 만약에 가방을 훔쳐 가고 있는데 저랑 딱 마주쳤어 봐요. 제가 어떻게 됐을지 몰라요."

정말 초긍정의 마인드다. 이런 마인드는 어디서 온 것일까. 그 순간에 그 친구는 여행을 그만할까도 생각했지만 그럴 순 없었다고 한다. 지금은 친구들이 보내주는 돈으로 연명하고

서먹한 엄마와 거친 남미로 떠났다

일어날 수도 있고,
일어나지 않을 수도 있는 일을
걱정하느라 무언가를
포기하지 않도록.

있지만 계획한 세계 여행은 다 마치고 한국으로 돌아갈 거라고 했다. 돈은 뭐 다시 벌어서 갚으면 되지만, 이런 시간은 다시 오지 않는다면서……. 그 말엔 나도 적극적으로 공감한다.

남미에선 이런 일이 다반사라고 했다. 자신이 조심하더라도 어떤 일이 생길지 모르는 이곳! 이런 이야기들을 들으면 조금 움츠러드는 건 사실이다. 그렇다고 해서 여행을 포기할 텐가! 그건 아니올시다. 일어날 수도 있고, 일어나지 않을 수도 있는 일로 인해 걱정을 하느라 무언가를 포기한다면 그만큼 간절하지 않은 것이다. 그저 기도하면서 잘 헤쳐 나갈 수 있게 대비해야 할 것이다. 그리고 예상치 않은 일들이 생기면 그 안에서 잘 적응하면서 마음을 잘 관리해 나가야 할 것이다. 이 청년처럼. 다시 오지 않을 이 시간을 위해.

엄마와 요섭이와 함께 리우데자네이루를 한눈에 볼 수 있는 코르코바두에 올랐다. 꼭대기에서 내려다보는 브라질은 아름답고 찬란했다. 예수상이 그 나라를 지켜주고 있는 것만 같았다. 엄마도 연신 감탄을 금치 못하셨다. 신앙심이 남다른 엄마이기에 예수상이 더 특별하게 다가왔을 것이다.

엄마를 숙소에 모셔다드리고 요섭이와 나는 코파카바나 Copacabana 해변으로 나갔다. 그리고 길고 긴 코파카바나 해변을 처음부터 끝까지 걸었다. 모래 위를 걷는다는 건 쉽지 않았지만 중간중간 세워져 있는 모래성들을 보는 재미가 있었다. 이제야 브라질에 온 것만 같았다. 그리고 생각했다.

'정돈되고 편안한 여행보다는 힘들어도 날 것 그대로 느낄 수 있는 이런 여행이 나를 살아있게 만들었었지. 삶이고 여행이고 대하는 사람들의 자세는 모두 다른 거지.'

갑자기 내가 살아있다는 느낌으로 충만했다.

딸　엄마, 비행기 타는 거 힘들지 않았다면서요.

엄마　그러게! 긴장하느라 몰랐나 봐. 피곤하다는 느낌은 없었는데. 몸이 알아서 반응하네. 오줌소태는 난생처음 있는 일이라. 몸이 늙었나 봐. 네가 시작부터 여러 가지로 많이 예민하고 신경 쓰는 거 같아서 아픈 내색 안 하려고 했지. 푹 쉬면 나을 거 같아서 견뎠는데 쉽게 안 낫네.

딸　앞으로 어디 아프면 그냥 참지 말고 말해요. 그래야 대책을 세우지.

엄마　알겠어.

딸　꼭이요! 그나저나 우리의 여행이 본격적으로 시작되었는데 오늘의 소감은요?

엄마　산 위에 서 있는 예수상이 압권이었지. 정말 내가 사랑을 많이 받고 있구나 하는 생각이 들었어.

딸　오! 완전 그건 최고의 느낌인데.

엄마　이제 진짜 여행이 시작된 거 같아.

엄마가 호텔에서 _____

_____ 쫓겨났다

_____ "누나 텔레그라포Pedra do Telégrafo 가실래요?"

"거기가 어딘데?"

"절벽 바위에서 사진 찍을 수 있는 곳이요."

바위에 매달려 절벽 아래로 떨어질 것만 같은 위험천만한 상
황을 연출한 사진들을 어디선가 본 적이 있다. 바로 그 장소
라 했다. 거기는 리우데자네이루에서 두 시간 정도 차를 타
고 가면 있는 곳이란다. 가지 않을 이유가 없다. 그런데 엄마
는 긴장을 많이 했던 건지 컨디션이 아직 돌아오지 않은 것
같았다. 또 텔레그라포는 올라가는 길이 좀 험하다고 해서

엄마는 오늘 하루는 숙소에서 쉬기로 했다.

여행을 편하게 하려면 그 나라의 심 카드를 사서 다니면 된다. 하지만 나는 그렇게 하지 않는다. 그렇게 되면 휴대폰에 의지하느라 우연히 만나는 멋진 풍경이나 새로운 인연을 놓칠 수도 있을 것 같아서다. 사실 기계와 친하지 않기도 하지만, 난 목적지를 향해 직선으로 가는 것보다 조금은 돌아가더라도 가는 과정 중에 있는 것들을 온몸으로 맞으면서 최대한 느끼는 것을 좋아한다. 그렇기에 고생은 좀 사서 하는 편이지만, 지금처럼 이렇게 사람들을 잘 만나서 다니면 된다. 이제까지 그렇게 여행을 해왔고, 앞으로도 아마 그렇게 하게 될 것이다. 사람의 성향이란 쉽사리 변하지 않는 것이기에.

남미에서는 우버를 이용하면 편리하다고 했다. 우버는 승객과 운전기사를 연결해주는 플랫폼 서비스로, 택시와는 또 다른 시스템이다. 일반인들이 자신의 승용차를 이용해 서비스를 하며 출발지로 데리러 오고 도착지까지 요금이 명확하게 나와 편리하게 이용할 수 있다. 여행자들이 삼삼오오 모여 가면 경비까지 절약할 수 있다. 텔레그라포에 가는 일행

서먹한 엄마와 거친 남미로 떠났다

조금은 돌아가더라도
가는 과정 중에 있는 것들을
온몸으로 느껴 볼래

은 요섭이와 요섭의 친구, 그리고 나 이렇게 세 명이었다. 둘은 멕시코에서 만났는데 루트가 비슷해서 드문드문 가는 길에 만났다고 했다. 이제 그들은 최종적으로 남미 여행의 끝자락인 브라질에서 만났다. '프로 여행러'의 향이 나는 이 친구들이 미리 우버를 예약해 놓았다. 차를 타고 외곽으로 나간다는 사실이 나를 좀 설레게 했다.

우버 운전기사는 축구를 좋아하는 젊은 남자였다. 재미있게 대화를 하고, 바깥 풍경을 감상도 하면서 2시간에 걸려 텔레그라포 입구에 도착했다. 입구에서부터 바위까지는 20분 정도 산행을 해야 한다. 아침 일찍부터 나서서 그런지 올라가는 사람들이 많지는 않았다. 올라가서 본 풍경은 정말 멋있었다. 때로는 기대하지 않았던 곳에서 더 멋진 풍경을 보기도 한다.

어쩌면 '에게, 이거였어?'라고 말할 수 있는 장소. 사진 한 장을 남기기 위해 달려온 곳이라기엔 좀 부족함이 있었지만 올라가는 동안 펼쳐진 풍경이 멋져서 오길 잘했다는 생각이 들었다. 텔레그라포에는 절벽 신을 연출하기 위해 이미 도착한 사람들이 줄을 서 있었다. 차례를 기다리며 사람들이 사

서먹한 엄마와 거친 남미로 떠났다

진을 찍는 포즈를 구경했다. 그리고 마음속으로 내 포즈도 연구했지만 포즈가 잘 나올지는 모르겠다. 어느새 우리 뒤로 줄이 두 배로 훌쩍 늘어 있었다. 역시 일찍 일어나는 새가 벌레를 빨리 먹는 법이긴 하다.

한 시간 정도를 기다려서 우리 차례가 왔다. 최선을 다해 연출 사진을 찍었는데 의상을 미처 신경 쓰지 못하고 온 게 아쉬웠다. 전에는 여행 사진에 대한 욕심이 없었기에 신경 쓰지 않았는데 어쨌든 근사한 사진이 남으면 두고두고 추억할 수 있으니 자신만의 포즈를 연구해서 기막힌 사진을 찍을 수 있으면 좋을 것 같다. 난 포즈가 어색한 사람 중의 한 명이긴 하지만.

어쨌든 텔레그라포의 목적은 단 하나! 절벽 연출 사진을 찍는 것이었기에 우리는 원 없이 사진을 찍고 산에서 내려왔다. 인적이 드문 곳이어서 우버를 불러야 하는데 그럼 와이파이가 되는 곳으로 가야 한다고 해서 레스토랑에 들어가 식사를 했다. 와이파이가 된다기에 나도 휴대폰을 꺼내 연결했다. 그런데 연결을 하자마자 휴대폰이 난리가 났다. 뭔가 급한 일이 있었나 보다. 그리고 바로 전화가 왔다. 파라과이에 계신 숙모 전화였다.

"헌주야, 빨리 엄마한테 전화해봐. 엄마가 지금 호텔에서 쫓 겨났나 봐."
"그게 무슨 소리예요? 왜?"

엄마한테 바로 전화를 했다. 호텔에서 쉬고 있는데 갑자기 직원이 문을 열고 들어와서 나가라고 했단다. 엄마는 말을

서먹한 엄마와 거친 남미로 떠났다

못 알아듣고 자신도 모르게 급하게 짐을 싸고 나왔다고 한다. 엄마에게 전화를 가지고 가서 호텔 직원을 바꿔 달라고 했다.

사건은 이랬다. 처음에 나는 호텔을 4박 예약했다. 원래는 오늘 체크아웃 일정이었는데 어제 하루 더 연장하여 결제를 했다. 그때 결제했던 직원이 오늘 근무하는 직원에게 전달을 하지 않았던 거다. 엄마는 당황해서 일단 급하게 짐을 싸고 로비로 내려와서 대기를 했다. 나는 연락이 안 되고 생각나는 사람이 숙모라서 숙모에게 연락을 했나 보다.

엄마는 로비에서 번역기를 이용해 직원과 서로 소통을 했는데 소통이 제대로 될 리가 없었다. 엄마는 "우리 딸 올 때까지 기다려 달라"고 말을 했는데 그쪽의 대답은 "딸과 상관없이 방을 비워줘야 한다"는 대답을 번역기로 전했다고 한다. 엄마는 로비에서 한 시간을 기다리다가 나와 연락이 닿았다. 명백한 직원들의 실수였고, 본인들도 인정했다. 화가 조금 나긴 했지만, 화를 내서 뭐 하나 하는 생각에 더 이상 긴말은 하지 않았다. 평소 친절했던 직원이기도 했기 때문이다.

하지만 엄마가 그 시간 동안 아찔했을 생각을 하니 걱정이 되면서도 한편으로는 피식 웃음이 났다. 어디 가서 이런 해프닝을 겪겠나 하는 생각. 만약에 내가 그때 연락이 안 되었더라면 엄마는 계속 로비에서 나를 기다렸을 수도 있는 거였는데……. 우리는 4시간 더 거리를 가야 하는데 말이다.

호텔에 도착하니 다급하게 엄마가 짐을 꾸린 흔적이 역력했다. 엄마는 그때 있었던 상황들에 대한 이야기를 풀어내셨다. 어쨌든 엄마에겐 여행의 시작과 함께 잊지 못할 경험이 하나 추가된 것이고, 앞으로 만나는 사람들에게 들려줄 수 있는 엄마만의 에피소드가 생긴 것이었다. 결국 이 소통 부재 사건은 언제나 꺼내서 맛있게 씹을 수 있는 안줏거리의 탄생으로 결론이 났다.

그리고 난, 그 뒤로 가는 곳마다 이 이야기를 귀에 딱지가 앉을 정도로 많이 들어야 했다.

서먹한 엄마와 거친 남미로 떠났다

엄마와 딸의 시시콜콜 남미 뒷이야기

딸 　호텔에서 쫓겨났을 때 어땠어요?

엄마 　땀이 삐질삐질 났지. 머릿속은 하얘지고……. 나가라고 하는
데 어딜 나가! 난 여기서 나갈 줄도 모르는데. 진짜 다리가
후들후들 떨렸어. 여행도 아무나 하는 게 아니라고 생각했다
니까.

시간이 지나면 아찔했던 경험도,
서로 마주 보고 웃으며 얘기할 수 있는
추억이 되는 거야.

파라과이

○

드디어 시작된 _____

_____ 생활여행자 모드

_____ 브라질은 우리에게 여행의 예행연습과도 같은 곳이었다. 여행이 이미 시작이 되었지만, 우리의 마인드는 아직 여행보다는 친척 집에 놀러 가는 기분이었을 수도 있다. 그리고 많았던 짐을 다 내려놓을 수 있는 파라과이에 드디어 도착했다. 리우데자네이루에서 출발한 비행기는 상파울루São Paulo를 경유했다. 그곳에서 이륙할 때 본 야경은 더없이 화려했다. 그리고 우린 아무것도 없을 것 같은, 컴컴한 아순시온Asunción 공항에 도착했다.

파라과이는 시간이 여유롭지 않은 여행자들에게는 그다지 큰 매력이 없어 그냥 지나치게 되는 곳이기도 하다. 하지

서먹한 엄마와 거친 남미로 떠났다

만 우리는 설렐 수밖에 없다. 외삼촌이 살고 있는 곳이기도 하니 말이다. 어디든 연고가 있는 곳을 갈 때는 기대감이 생긴다.

아순시온 공항도 우리를 쉽게 보내줄 리 없었다. 바로 그 문제의 '가루' 때문이었다. 아순시온 공항은 너무나 작아서 신기하게 느껴졌는데, 그래서 출국장에서 기다리는 사람들을 쉽게 다 볼 수 있었다. 우리를 발견한 외삼촌은 재빨리 직원에게 가서 설명을 해주었고, 우린 별 어려움 없이 공항을 빠져나올 수 있었다.

한국에서만 뵈었던 외삼촌을 남미라는 땅에서 만나니 남다른 기분이 들었다. 2년 만에 뵙는 것인데도 오랜만에 만나는 것 같지 않고 엊그제 봤던 것 같은 기분이 든다. 무엇보다 근사했던 건, 여행을 할 때 공항에서 숙소까지 찾아가는 게 제일 큰일인데 우리가 새벽에 도착했음에도 불구하고 아무 걱정 없이 편하게 숙소까지 갈 수 있었던 점이다. 공항에서 시내까지 가는 길은 높은 건물들이 없는 비포장도로를 지나는 것이었기에 아직 많이 발전되지 않았다는 느낌을 갖게 했다.

파라과이 아순시온에서는 배낭여행자가 아닌 '생활 여행자'가 될 것이다. 단순히 관광을 하는 것이 아니라 이곳에 사는 사람들의 진짜 삶을 볼 것이다. 현지인들이 가는 숨은 명소들을 찾아갈 것이고, 이곳에서 사는 이방인들의 삶도 들어볼 것이다. 그렇게 다양한 삶의 이야기를 보며 더한 감동을 느낄 것이다.

여행지가 생활지가 된다는 것은 또 다른 느낌이다. 짧은 기간이긴 하지만 엄마와 나는 그곳에서 새벽마다 한인교회로 새벽기도를 다녔다. 앞서 언급하지 않았지만, 엄마는 목사님이시다. 어렸을 때 여느 부모님들과 마찬가지로 어려운 가정환경에 학업을 다 마치지 못한 엄마는 네 남매를 키워놓고 본인이 하고 싶었던 신학 공부를 계속하셨다. 그래서 환갑 전에 목사 고시를 보고 목사님이 되셨다. 그때는 나 또한 부모님과 떨어져 한창 바쁜 삶을 살았던 때라 엄마가 그렇게 열성적으로 공부를 하고 계신지도 몰랐다. 나이가 들면서 우리는 하고 싶은 것을 하기보다 포기를 많이 하게 되는데 엄마는 본인의 꿈들을 사부작사부작 이뤄가고 계셨다. 아직도 엄마 안에는 아주 커다란 '열정' 나무가 자라고 있는

서먹한 엄마와 거친 남미로 떠났다

듯하다. 어쩌면 그 열정으로 힘든 일들을 다 이겨내고 계신지도 모른다.

엄마의 열정 나무 씨앗은 나에게도 이어진 게 아닐까 하는 생각이 든다. 나 또한 계속해서 뭔가에 도전하는 것을 좋아하기 때문이다. 누군가는 피곤한 삶을 산다고 말할 수도 있는데, 난 목표를 세우고 이루는 것을 좋아한다. 내가 가장 힘든 상태는 목표가 없는 무기력한 상태다. 그래서 하나의 목표를 이루면 이내 또 다른 목표를 세운다. 목표가 있다는 것은 삶에 활력을 갖게 하고 시련을 뛰어넘을 수 있는 힘을 주기도 한다. 인생에서 힘든 일이 일어나지 않았으면 좋겠지만, 누구에게나 힘든 일은 온다고 생각한다. 다만 모양과 크기가 다를 뿐이다. 힘든 일이 왔을 때 해결해주지 않는 엄마를 원망한 적도 있다. 하지만 나중에 생각해 보니 스스로 이겨낼 수 있는 힘을 기르고 있었단 생각이 든다.

외삼촌도 남모를 시련이 있으셨고, 뛰어넘으셨을 거란 생각이 든다. 어떤 이유가 되었든 고국을 떠나 산다는 건 쉽지 않은 결정이었을 테니까. 파라과이에서 공부를 하고 치과 의사 면허를 취득하시긴 했지만 말이다. 외삼촌은 현재 파라과이에서 치과를 운영하고 계신다. 외삼촌이 아니었으면 들어보지도 못했을, 들어봤어도 관심에도 없었을 파라과이가 우리에게 특별한 곳이 되었다. 그리고 외삼촌은 이곳에서의 생활에 만족하며 행복을 느끼고 계셨다.

파라과이 아순시온에서 사는 외삼촌과 숙모 덕에 그곳에 뿌리내린 많은 한국분들을 만났다. 그들의 오래된 삶의 이야기를 들을 수 있다는 것이 나에게는 축복이었다. 이민을 오게 된 생생한 사연들을 들으면서 웃기도 하고 울기도 했다. 그중에 정말 인상 깊었던 이야기가 있다.

1988년도 올림픽이 개최된 이후 우리나라엔 전쟁이 날 거라는 소문이 떠돌았다고 했다. 난 어렸을 때라 기억이 잘 나진 않지만, 그때 조금 세상 돌아가는 일들에 깨어 있던 분들은 그 소문이 사실일 거라 믿고 한국을 떠나 이민을 많이 갔단다. 이 이야기를 들려주신 분 또한 부모님이 아무 연고도 없는 에콰도르로 떠나셨다고 했다. 그래서 자신도 따라나서게 됐고, 한국으로 다시 돌아가지 못한 채 거의 30년을 중미와 남미에서 사셨다. 최종적으로는 이곳 파라과이에 정착해 사업을 하신다고 했다. 한때는 한국에서 내로라하는 대학을

서먹한 엄마와 거친 남미로 떠났다

다녔던 분들이 이민을 가게 되면서 원치 않는 직업을 갖고 실의에 빠져보기도 했다고. 하지만 지금은 누구보다 만족하며 행복한 삶을 살고 계신다고 했다.

그러고 보면 사람마다 지구에 태어난 목적과 절체절명의 기회와 끌림이란 것이 분명하게 있는 것 같다. 우리가 아등바등하며 애쓰지 않아도 아주 자연스럽게 내가 가야 할 길이 선택되고 인도되는 것. 마음속의 소망들이 실현되는 것. 나 또한 이렇게 얼토당토않게 그렇게 꿈꾸던 남미 땅을 밟고 있는 것처럼 말이다. 그러니 오지 않는 것에 그리 마음 쓰지 말고, 오는 것에 감사하며 물 흐르듯이 삶을 사는 것이 제일인 것 같다. 그게 바로 생활 여행자가 되어 갖게 된 느낌이다.

 서먹한 엄마와 거친 남미로 떠났다

딸 드디어 외삼촌이 살고 있는 파라과이에 왔는데 그 소감은 어떠세요?

엄마 이렇게 먼 곳에 살고 있을지 몰랐지. 정말 알았다면 오기 힘들었을 거 같아. 도시가 아직 발전하지 않은 상태여서 지평선이 보일 정도로 공기는 진짜 맑았어. 사람들이 순수하고 과일과 농작물이 많아서 풍요롭게 살 수 있다고 하니 좋아. 무엇보다 동생이 만족하면서 사는 모습을 보니 안도가 돼. 더운 여름에는 아스팔트가 녹을 정도로 뜨겁다고 하는데, 난 여기선 못 살 거 같아. 더위를 많이 타니까.

위험천만 ─────────

───────── 범죄의 소굴로

───────── '들어가는 건 마음대로 들어갈 수 있어도, 나올 때는 그렇지 않은 곳.'

파라과이 아순시온에 위치한 최대 빈민촌 '자카리타Chacarita'를 두고 하는 말이다. 그만큼 위험하다는 뜻이기도 하다. 이곳은 파라과이 아순시온 대통령 궁 앞으로 펼쳐져 있고, 바로 앞으로는 아르헨티나를 잇는 강이 펼쳐져 있다. 군이 우리나라로 따져 보자면 한강을 볼 수 있는 노른자 땅이라고 할 수 있다.

　지리적으로 그렇게 좋은 곳에 위치했으니 상식 같아선 재

서먹한 엄마와 거친 남미로 떠났다

개발이라도 하고 근사한 건물들이 있어야 할 것 같은데 판잣집만 즐비해 있다. 들은 바로는 아순시온에서 일어나는 모든 범죄는 자카리타 출신들의 소행이라 했다. 일반적으로 자카리타 지역 출신이라고 하면 취직도 힘들다고 한다. 지금까지의 정보로만 볼 때 자카리타 지역은 무시무시한 곳이었고, 이곳 출신을 만나면 무서워서 왠지 얼굴도 쳐다보지 못할 것만 같았다.

단순 여행자 신분이었다면 몰랐을 자카리타 지역을 우리가 오늘 가게 된다. 어떻게 가냐고? 바로 아는 사람의 '백' 덕분이다. 외삼촌이 파라과이에 다시 왔을 때 자리 잡을 수 있게 도움을 주신 선교사님이 계신다. 선교사님은 세계 여러 나라를 돌아다니며 선교를 하시다가 파라과이에 정착을 하게 되었는데, 자카리타 지역 안에 교회를 세우고 있는 중이셨다.

자카리타 지역은 자신들의 생활 방식이 철저하다. 이 지역은 파라과이의 경찰도 건드리지 못한다고 한다. 이곳엔 28명의 추장들이 있는데, 지역의 모든 것은 추장들의 회의를 거쳐 결정된다. 선교사님이 이곳에 교회를 세우려고 했을 때

단 한 명의 추장이라도 반대했다면 할 수 없었을 것이다. 그런데 만장일치를 받아내었다. 그만큼 선교사님은 이곳에서 영향력 있는 분이란 걸 뜻한다. 외모는 산적처럼 보여도 굉장히 위트가 넘치시는 분. 나중에 알게 된 사실이 있는데, 실은 나의 대학 선배이시기도 했다. 연극을 전공하신 분이 부르심을 받고 선교사로서 살게 될지 감히 상상이나 하셨을까. 정말 사람 일은 모르는 것 같다. 한편으로는 선교사님이 정말 대단해 보였고, 존경스러웠다.

선교사님이 자카리타 지역에서 겪은 이야기들을 듣는데, 듣기만 해도 가관이었다. 어느 날은 교회를 건축하는데 구조물을 잇는 쇠파이프가 없어졌다고 했다. 알고 봤더니 교회에 다니는 어떤 청년 중 하나가 그것을 가져다가 밖에 나가서 팔았다는 것. 이들은 어렸을 때부터 훔치는 습관이 있어 자신도 모르게 그러더라는 것이다. 선교사님은 자카리타 지역에 사는 청소년들의 나쁜 습관을 고쳐주기 위해 그 청년을 거꾸로 매달아서 사람들이 보는 앞에서 혼쭐을 내주었다. 그리고 그 청년에게 다시는 안 그러겠다는 다짐을 받아냈다고 한다.

서먹한 엄마와 거친 남미로 떠났다

많은 사람들이 자카리타 지역민들을 교화시키기 위해 노력했지만 성과를 얻기는 힘들었다. 하지만 선교사님께서는 그들의 교화를 사명으로 생각하고 계속해서 노력하고 계시며, 지금은 자카리타 지역의 지도자로서 칭송이 자자하다.

이미 이 지역에 대해 들은 이야기들이 있어 나름 긴장된 마음으로 차에서 내렸다. 우리가 차에서 내리자마자 마을 사람들은 경계의 눈빛으로 쳐다보았다. 그러나 이내 선교사님을 확인하고 웃으면서 맞이하는 것을 느꼈다. 나는 자카리타 지역 사람들을 상상하며 온몸에 문신을 하거나 덩치가 큰 사람이 대부분일 거라고 생각했는데, 실제로 만나보니 그렇지 않았다. 마을 사람들의 눈빛은 순수해 보였다. 어린아이들부터 여자들, 그리고 노인들까지 그냥 평범한 마을이었다. 가축들과 함께 살고 처리되지 않은 쓰레기들이 한데 있어 지저분한 점만 빼면 말이다.

자카리타 지역 대부분의 집들은 판자로 만들어졌다. 게다가 우기 때 비가 많이 오면 집들이 물에 잠기기도 하는데, 이때 더 나은 집을 제공해 준다고 해도 이 지역 사람들은 이곳

을 떠나지 않는다고 한다. 잠시 위쪽의 다른 지역으로 피신해 있다가 물이 빠지면 다시 판자촌으로 돌아오는 것이다. 얘기를 들어봤더니 이곳에선 전기와 수도를 모두 공짜로 쓸 수 있다고 한다.

나는 이 모든 것을 익숙함이라고 칭하고 싶다. 자신이 어렸을 때부터 살아온 환경과 습관들을 하루아침에 고치기는 힘들다. 어렸을 적부터 남의 것을 훔치는 일을 당연한 것으로 배웠기 때문에 자신들 삶의 일부분이 되었을 뿐이다. 그들은 우리가 생각하는 상식에서의 교육을 받지 못했고, 자신들이 생각하는 삶의 방식이 제일이라고 생각하고 있을지도 모른다.

각자의 삶의 문제 앞에 어떤 방식으로 살아가는 것이 옳고 그르다는 말은 할 수 없을 것이다. 어렸을 때부터 자라온 환경이나 관습이 살아가는 데 있어 영향을 미치는 건 사실이니까. 그 무엇보다 익숙한 대로 살게 되는 것이다. 그런데 그 익숙함이 옳지 않은 것이라고 느꼈을 때는 어떻게든 변화하려고 노력해야 한다. 이 또한 그들의 몫이고 강요할 수는 없다. 자카리타에는 이미 변화의 바람이 불고 있었고, 그 중심에 선교사님이 계신 것만 같았다. 그리고 참 귀하다는 생각이 들었다.

딸 자카리타 지역 어땠어요?

엄마 미개 그 자체였어. 더럽고, 냄새나고 돼지랑 함께 살고! 좀 충격이었어. 어떻게 이렇게 사나 싶고!

딸 우리도 전쟁 겪고 좀 어려운 시절이 있었잖아요.

엄마 그래도 이 정도는 아니었지. 그냥 우리나라에 감사하지. 내가 보는 게 전부는 아닐 수 있어도, 지금은 보이는 게 전부니 뭐 이렇게 말할 수밖에 없지.

○

옷이 젖어도 _____

_____ 상관없다

_____ 차코Chaco전쟁은 우리에게 다소 생소하다. 파라과이와 볼리비아가 차코라는 땅을 차지하기 위해 벌였던 전쟁이라는데, 세계사를 배우긴 했지만 이 전쟁이 잘 기억나지는 않는다. 차코전쟁은 파라과이가 차코의 분쟁지역을 점령하면서 끝이 났는데, 그 승리를 기념하기 위해 파라과이는 이날을 국경일로 정했다. 엄마와 나는 차코전쟁기념일인 6월 12일에 이구아수Iguaçú 폭포로 향했다.

이구아수는 이 지역 원주민인 과라니Guarani족의 언어로 '큰물' 혹은 '위대한 물'이라는 뜻이다. 세계 3대 폭포로 꼽히는 이구아수 폭포는 이구아수강을 경계로 하여 브라질과 아

서먹한 엄마와 거친 남미로 떠났다

르헨티나의 국경에 걸쳐 있다. 특이하게도 이 폭포의 20%는 브라질, 80%는 아르헨티나의 소유인데, 이 배경에는 삼국 동맹 전쟁이 있다. 이 전쟁은 브라질 · 아르헨티나 · 우루과이의 동맹군과 파라과이 간의 싸움이었는데, 이때 파라과이는 대패하여 괴멸 직전의 상황까지 몰렸다고 한다. 이 전쟁의 결과로 파라과이는 이구아수 폭포를 두 나라에 빼앗기고 말았다. 이구아수 폭포를 파라과이도 사이좋게 나눠 가졌다면 어땠을까? 파라과이도 경제 성장이 많이 이루어졌을 것 같아서 아쉬움이 남는다. 오지랖도 습관이다. 여기까지 와서 남의 나라 걱정을 하고 있다니!

이구아수 폭포는 브라질의 포즈두 이구아수Foz do Iguaççu와 아르헨티나의 푸에르토 이구아수Puerto Iguazú, 두 군데에서 관람할 수 있다. 다른 관광객들은 이구아수 폭포에 갈 때 보통 버스를 이용하는데 우리는 승용차를 타고 당일치기로 다녀오기로 했다. 역시 이것 또한 특권이었다! 파라과이에서 이구아수 폭포를 가기 위해서 우리는 새벽 3시에 출발을 해야 했다. 가는 길은 끝도 없이 평원이 펼쳐졌다. 도로 위를 몇 시간 동안 달리자 지평선 위로 해가 뜨기 시작했다. 엄마는 긴장을 하셨는지 계속 화장실을 가고 싶다고 하신다. 마을 하나 없는 넓은 벌판에 화장실은 찾을 길이 없고, 중간중간 적당한 데 내려서 간이 화장실을 만들어 드릴 수밖에 없었다. 남미가 엄마에게 편해지려면 얼마나 시간이 지나야 하는 걸까?

6시간쯤을 달려서 브라질 포즈두 이구아수 국립공원에 도착했다. 폭포를 보기 위해서는 국립공원 내에서 다시 버스를 타고 이동해야 한다. 이층 버스를 타고 가는 길이 참 시원했다. 여기 오기 며칠 전부터 파라과이에는 계속 비가 내렸다. 그런데 오늘은 거짓말처럼 비가 그치고 해가 쨍쨍했다. 신문에서는 그동안의 강수량으로 이구아수 폭포 물의 양이 최대치라 했다. 그 어느 때보다 장엄한 이구아수 폭포를 느끼고 갈 수 있을 것 같았다. 그런데……. 이구아수 폭포는 장엄하기는 했지만 물의 색이 함정이었다. 사진에서 보던 맑은 옥색이 아닌, 커피색이었다. 아래로 흐르는 물에 컵을 대서 마시면 꼭 캐러멜 커피 맛이 날 것만 같은 그런 색.

이구아수 폭포의 진면목을 보고 싶다면 브라질과 아르헨티나 두 곳 모두에서 보는 게 정답이라고 한다. 하지만 우리는

서먹한 엄마와 거친 남미로 떠났다

브라질에서 보는 것으로 만족했다. 산책로가 잘되어 있어서 걸어가면서 이구아수 폭포를 감상했다. 거침없이 쏟아져 나오는 폭포수를 보고 있노라면 나도 모르는 사이 빨려 들어갈 것만 같았다. 중간중간에 만들어진 포토 스폿에서 사진을 찍기도 했다.

"이구아수 폭포에 비하면 나이아가라 폭포는 귀여웠네."

이구아수 폭포를 보고 나서 엄마가 하신 말씀이다.

"우와! 엄마 세계 3대 폭포 중 두 곳을 봤네? 하나도 보기 힘들다는 3대 폭포를……. 우리 엄마 대단하신데? 다음에는 그럼 아프리카에 가야 하는 거예요?"

무언가 비교할 대상이 있다는 것은 그만큼의 경험이 많이 쌓였다는 증거일 것이다. 젊은 시절의 엄마는 먹고사는 데 급급한 나머지 열심히 사는 것에만 관심이 있으셨다. 하지만 지금의 엄마는 자신이 할 수 있는 모든 경험을 해보고, 그 속

내가 할 수 있는 것들을

가능한 한 모두 경험해보고 싶어

에서 즐거움을 누리고 있는 듯하다. 이렇게 과감하게 행동하고 떠날 수 있는 엄마가 새삼 대단해 보인다. 나이가 들면 도전보다는 안정을 찾으려 하고, 몸을 사리게 되는데 말이다. 나 또한 점점 그렇게 되는 것처럼……. 나 역시 10대에 가졌던 꿈과, 20대에 가졌던 열정과, 지금의 모습이 다르다. 그리고 아마 계속 달라질 것이고 생각이 변할 것이다. 하지만 우리에겐 아직 몸을 사리지 않는 도전 정신과 열정이 있는 듯하다. 다른 여행자들은 우비를 준비해서 이구아수 폭포를 피하며 즐기고 있었다. 하지만 우리는 옷이 젖어도 상관없다면서 온몸으로 폭포수를 맞았다. 머리와 옷은 다 젖었지만 폭포수를 맞는 느낌은 꽤 짜릿했다.

서먹한 엄마와 거친 남미로 떠났다

엄마와 딸의 시시콜콜 남미 뒷이야기

딸	전 이렇게 큰 폭포를 처음 봤는데 엄마는 어땠어요?

딸　전 이렇게 큰 폭포를 처음 봤는데 엄마는 어땠어요?

엄마　웅장했지. 이 폭포를 보기 위해 전 세계에서 사람들이 모이는
게 신기했고. 거기서 한국말을 들으니 더 반가웠고. 나이아가
라 폭포에 갔을 때는 비옷을 입고 물이 떨어지는 곳 가까이에
가서 물방울을 맞았어. 그 물을 맞으면 젊어진다는 말이 있어
서. 그런데 여기선 비옷도 없이 폭포 속으로 들어가서 다 젖
었네. 그래도 좋았어. 동생하고 딸하고 함께 간 거니까.
참, 계속 떠 있는 무지개를 보면서 생각했어. 사람의 인연에
대해서. 무지개처럼 아름답지만 가까이 가려 하면 도망가는
사람이 있고, 아름답진 않아도 내 곁에서 항상 묵묵히 있는
사람이 있잖아. 그런 사람에게 감사하자고 생각했지.

딸　오! 우리 엄마 문학소녀 다 되셨는데요!

엄마　나 문학인이잖아! 문인 협회에서 상도 받았다고!

아르헨티나

○

첫인상, ──────

────── 과연 전부일까?

────── "해도 너무 한 거 아니야? 도대체 줄이 줄어들 기미가 보이지 않아."

아르헨티나의 부에노스아이레스Buenos Aires 공항이다. 그곳 에서 세 시간을 갇혀 있으리라곤 상상도 못했다. 파라과이에 서 야간버스를 타면 12시간 만에 부에노스아이레스에 도착 한다고 했다. 그런데 아직 거친 여행을 할 준비가 되지 않았 다. 말하자면 엄마를 배려한다는 명목이었지만 내가 아직 장 시간 버스를 탈 준비가 안 되었다. 거친 남미 여행에서 왜 이 렇게 난 몸을 사리고 있는 거지? 충분히 적응하고, 즐기고,

서먹한 엄마와 거친 남미로 떠났다

떠날 시간도 되었건만. 난 아직 여행이라기보다는 친척 집에 가는 것만 같은 느낌이 든다. 아직 거칠게 다니기가 싫다. 그래서 2시간 만에 도착할 수 있는 비행기를 선택했다. 그런데 입국심사에서 이렇게 짜증이 날지 몰랐다. 거기에 세계 각지에서 모여든 장기 여행자들의 냄새가 뒤엉켜 숨을 쉬기가 힘들 정도다. 그것만으로도 대도시에 왔다는 걸 온몸으로 체감한 시간이었다.

드디어 입국심사를 마치고 공항을 빠져나왔다. 아르헨티나에서는 에어비앤비의 가성비가 좋다는 얘기를 많이 들었지만 브라질 호텔에서 사건이 있었던 터라 숙소 선택에 주의를 기울여야 한다. 이제부터는 무조건 한인 민박이다. 엄마를 위해서! 어쩌면 그건 엄마를 안전한 곳에 모시고 나 혼자 다녀도 된다는 말이기도 했다.

새로운 장소에 갈 때 처음 그 도시가 주는 공기가 있다. 거기에서 그 도시의 첫인상이 결정된다. 그리고 그 도시에서 기분이 좋을지 안 좋을지에 대해 섣불리 판단하게 된다. 오랜 경험에서 나온 편견일 수도 있지만, 나는 이 편견을 중요하게 여긴다. 가끔 반전이 있는 경우도 있지만 대부분은 그 느낌이 맞았다. 또 그 도시의 첫인상을 결정짓는 분위기는 사람들에 따라 결정되기도 한다.

그런데 아르헨티나의 첫 공기는 그냥 텁텁했다. 공항에서 10분 만에 든 생각이 그 모든 것을 말해 주었고, 오자마자 빨리 떠나고 싶다는 생각뿐이었다. 발품을 판다면 숙소까지 저렴하게 갈 수도 있었지만 택시를 타기로 했다. 그리고 엄마를 위한 것이라며 합리화했다. 나는 피곤에 지쳐 또 몸을 사리기로 했다. 공항 안에 있는 부스에서 프리페이드(선불) 택시를 신청하기로 한 것이다. 공항 밖에 있는 택시를 이용하면 반 가격의 교통비가 들었겠지만, 비싼 돈을 지불하고 편안함을 선택하기로 했다. 택시를 기다리고 있는데 건장한 남자가 와서 우리의 캐리어를 끌고 갔다. 우리도 그 남자 뒤를 따라갔다. 그 남자는 캐리어와 배낭을 택시에 실어주었다. 아르헨티나의 이미지가 좋아지려고 하는 찰나였다. 그때 그가 이렇게 말했다.

"10페소!"

내 귀를 의심했다. 너무나 당연하게, 당당히 요구하고 있

서먹한 엄마와 거친 남미로 떠났다

었다. 기분 좋게 줘야 하거늘 이내 청개구리 마음이 발동한다. 주기 싫다. 그런데 주지 않으면 택시도 출발하지 않을 기세다. 택시비도 엄청 비싸게 줬는데 말이다. 울며 겨자 먹기로 10페소를 건넸다. 그리고 택시는 출발했다.

택시기사는 잘생긴 젊은 청년이었다. 그런데 무엇을 물어봐도 정말 시니컬하게 대답한다. 말이 없는 건지, 하기 싫어서 안 하는 건지……. 거기에 부에노스아이레스의 하늘은 왜 이렇게 흐린 거야! 센트로Centro에 있는 숙소까지 가는 길이 곤욕이었다. 일기예보에도 오늘부터 5일 동안 비가 올 거란다. 지금의 하늘이 꼭 내 마음 같다. 그냥 울고 싶다.

어떤 도시든 그리고 사람도 마찬가지다. 첫 느낌이란 것이 있다. 첫인상이 별로인데 나중에 괜찮아지는 사람이 있기는 하다. 그래도 그건 오래 보고 알아야 가능한 이야기다. 첫 느낌이 안 좋으면 당분간은 기분이 그대로 간다. 이처럼 나에게는 첫 느낌이 중요한데, 아르헨티나에서 받은 안 좋은 첫인상을 떨칠 수 없었다. 인상이 좋아질 때까지 머무를 수 있는 시간이 긴 것도 아니고 우리에겐 고작 5일밖에 시간이 없다. 첫

지금의 하늘이 꼭 내 마음 같아
곧 쏟아질 비처럼
마냥 울고 싶은 기분

인상이 전부라고는 말할 수 없지만, 도착하자마자 만난 사람들에게서 받은 서운함이 쉬이 없어질 것 같지 않았다.

기분이 좋지 않았다. 기분도 내가 책임져야 하는 것이거늘. 배낭여행자로서 마음의 준비가 덜 되어 그럴지도 몰랐다. 새벽부터 비행기를 타고 아침에 도착해서 진을 뺀 우리는 숙소에 도착해서도 아무것도 하기 싫었다. 남미 시간에 적응했다고 생각했는데, 한국에서 막 도착한 시차에 적응이 안 된 기분이다. 우리는 그래서 하루 동안 온전히 숙소에서 나오지 않기로 했다. 아직은 나도 마음을 온전히 열지 않은 것이다. 그런데 과연 부에노스아이레스는 첫인상 그대로일까? 반전이 있기를 간절히 바랄 뿐이다.

딸   드디어 편하게 지냈던 파라과이를 떠나 본격적인 여행이 시작됐네요. 아직 남미에서 두 나라만 가 봤지만 아르헨티나에 온 소감은 어떠세요?

엄마   파라과이에서 들었잖아. 그쪽은 원주민들이 많아서 외적으론 별로라 아르헨티나 가면 눈 호강할 거라고. 진짜 사람들이 세련돼 보이네. 그런데 좀 불친절한 거 같아.

딸   그렇죠? 아무래도 대도시에 오면 불친절하다는 느낌은 들죠? 외삼촌이 엄마 아프시거나 하면 여행 중단하고 언제든 바로 한국으로 가라고 했는데 엄마는 어때요?

엄마   그럼 넌 어떻게 할 건데?

딸   엄마 안전하게 보내드리고, 난 여기 더 오래 있다 가야죠! 하하하!

엄마   국제 미아 만들 일 있어? 안 가! 너 가는 데까지 계속 따라갈 거야.

딸   한번 해본 소리예요. 당연히 계획한 날까지 다 있다 가야지! 그래도 중간에 정 안 되겠다 싶으면 참지 말고 말해요.

엄마   알겠어.

○

괜찮은 게 _____

_____ 아니었다

_____ 이것이 진짜 여행의 시작인가. 신고식을 톡톡히 치렀다. 잠시 배낭여행의 묘미를 잊고 있었다. 그동안 여행이 아닌 관광을 했다는 생각이 든다. 도심 속에 위치한 게스트 하우스에 계속해서 들리는 차 소리, 아래층 술집 덕에 밤새 시끄러운 사람들의 소음까지……. 밤새 한숨도 못 잘 충분한 이유였다. 그것도 그럴 것이 어제 낮에도 하루 종일 잠을 자며 쉬었다는 사실! 그러니 잠이 올 리가 있나.

오늘은 나가서 어디든 부지런히 봐야 했다. 어제 못한 관광을 두 배로 해서 만회해야겠다는 생각이 들었다. 굳이 그러지 않아도 되는데 왜 또 이렇게 스스로에게 압박을 가하고

언제나 부지런히
다닐 필요는 없어.
여유를 갖는 것도 필요해.

있는지 모르겠다. 습관이다. 항상 알차게 보내야 한다는 강박관념. 이제 좀 벗어났다고 생각했는데 순간순간 그러고 있는 자신을 발견한다.

아르헨티나 부에노스아이레스는 유럽 같은 느낌이 든다. 건물들도 그렇고, 사람들도 그렇다. 아주 오래전의 역사로 설명해보자면 스페인이 침략했을 때 원주민들이 많이 학살되어 그럴 거다. 파라과이에 있을 때보다는 확실히 훤칠한 외모가 눈에 띈다. 하지만 나쁜 첫인상은 계속 이어졌다. 사람들은 친절하지 않고, 어느 도시에서나 풍기는 바쁜 풍경들이 펼쳐질 뿐이었다.

　거대한 도시가 주는 느낌에 한동안 멍해 있다가 갈 길을 찾기 시작했다. 휴대폰에 깔린 지도가 가르쳐 준 방향에 따라 일단 무작정 걸었다. 처음에 간 곳은 오벨리스크Obelisk, 그리고 극장을 개조해서 만든 '엘 아테네오El Ateneo'라는 서점이다. 난 극장을 참 좋아한다. 서점 2층에서 아래를 내려다보면서 오랜 시절에 이곳에서는 어떤 공연이 펼쳐졌을까 상상해봤다. 마치 귓가에 탱고 선율이 울려 퍼지는 듯하고, 박스

오래 전 이곳에서 울려 퍼졌을 선율들을
머릿속에서 조용히 그려본다

석엔 왠지 오페라의 유령이 앉아 있을 것만 같았다. 상상을 한다는 건 참 재미있다. 연관되지 않지만 내가 알고 있는 캐릭터들이 살아서 움직이는 것만 같은 기분이 들었다.

그곳에서 나와 다음 목적지를 향해 걸었다. 평소 같았으면 택시를 탔을 텐데 왠지 오늘은 걸어야 할 것만 같았다. 그동안 편하게 여행을 다녔던 것에 대한 만회이려나. 그리고 센트로 지역에서 조금 먼 레콜레타Recoleta 지역으로 향했다. 센트로보다는 조금 더 세련된 느낌으로, 각종 박물관과 미술관, 대학들이 모여 있는 곳이다. 이곳에는 레콜레타 묘지가 있는데 아르헨티나를 대표하는 명사들의 유해가 안치되어 있다. 우리에겐 영화와 뮤지컬로 유명한 에비타Evita도 여기에 잠들어 있다.

아르헨티나에서 에비타가 추앙받는 이유는 무엇일까? 에비타는 1940년대 후안 페론Juan Perón 대통령의 부인 에바 페론Eva Perón의 애칭이다. 가난한 시골 농부의 딸이자, 사회적으로 멸시받았던 사생아 출생의 그녀는 부에노스아이레스로 무작정 상경하여 홀로 힘겹게 생활하던 중에 당시 육군 대령이었던 후안 페론을 만나 사랑에 빠진다. 그 이후 에바의 운명은 단숨에 뒤바뀐다. 후안 페론은 대통령에 추대되었고, 영부인 에바는 가난한 자들을 위해 기금을 모으고 노동자들을 위해 헌신적으로 일하며 노력을 기울인다. 에바의 이런 모습에 감화를 받은 국민들은 에바를 부통령 후보로 추대했는데, 그녀는 부통령 후보를 사임한 직후에 암 말기 진단을 받았다. 33세의 젊은 나이로 세상을 떠난 에바 페론의 장례식은 아르헨티나 국민들의 통곡 속에 장엄하게 치러지고, 에비타의 신화는 많은 사람들의 가슴 속에 영원히 자리 잡았다. 그리고 에바가 세상을 떠난 지 24년 만에 시신은 레콜레타 공동묘지로 옮겨졌다.

에비타의 영화와 뮤지컬을 감명 깊게 봤던 터라 그녀의 묘지에도 가보고 싶었다. 지도상으로 멀지 않은 곳에 있는 것 같아 우린 계속 걷기 시작했다. 그런데 걸으면 걸을수록 그 거리가 걷기에 만만한 거리는 아니라는 걸 알게 되었다.

난 평소 걷는 여행을 좋아한다. 낯선 곳에 다다르면 짜인 정보에 따라 목적지를 가기보다, 정처 없이 걸으면서 그 도시에 익숙해지는 것을 좋아한다. 그런데 아뿔싸! 나의 그 기

서먹한 엄마와 거친 남미로 떠났다

질을 지금 발휘해서는 안 됐다. 내 옆에는 무릎이 아픈 엄마가 계셨기 때문이다. 우리는 가다가, 쉬다가를 반복하며 걸었지만 나중에는 나도 정말 힘들었다.

그날 이후 엄마는 엄청난 통증을 호소하셨다. 누군가와 함께 있을 때 상대방을 엄청 배려하는 나인데, 난 엄마가 괜찮다고 하기에 정말 괜찮은 줄 알고 그렇게 무리를 했다. 그래도 짜증 한번 내지 않고, 아프다는 말도 없이, 묵묵히 다 걷고 난 뒤 온종일 앓아누우신 엄마가 대단하다는 생각이 들었다. 이게 이제껏 엄마가 살아왔던 방식이라 생각하니 나도 모르게 눈물이 났다.

괜찮다는 말이 자신에게는 괜찮지 않을 수 있음을…….
자신보다는 온전히 상대방을 생각해서 내뱉은 말이었음을 그때야 알았다.

서먹한 엄마와 거친 남미로 떠났다

엄마와 딸의 시시콜콜 남미 뒷이야기

딸	엄마, 아프시면 아프다고 말하라고 했잖아요.
엄마	구경하면서 다니다 보니 걸을 때는 아픈지도 몰랐지. 내가 뭐 그렇게 아플 줄 알았나.
딸	나도 힘들었는데 엄마는 오죽했겠어.
엄마	소매치기가 많으니 걸을 때 조심하라는 말만 들어서 가방만 신경 썼지. 뭐.
딸	그렇게 걸으면서 뭘 봤어요?
엄마	오래돼 보이지만 고풍스러운 건물들이 많아서 유럽에 와 있는 듯한 느낌이 들었어.
딸	오! 유럽! 참, 엄마 유럽 다녀오셨지.
엄마	패키지여행으로 갔었잖아.
딸	유럽하고 비교하면 어때요?
엄마	유럽이 좋긴 더 좋은 느낌이지만, 그래도 여긴 남미만의 느낌이 있으니까.

○

땅고, _____

_____ 시리도록 매력적인

_____ 부에노스아이레스는 소고기와 와인, 그리고 탱고를 빼놓을 수 없다. 영어식으로는 탱고라고 읽지만, 이곳에서는 '땅고'라고 부른다. 대부분의 배낭여행자들은 이곳에 특별한 볼거리가 별로 없다고 여겨 짧게 머문다. 하지만 난 공연에 관한 것이라면 꼭 섭렵해야 한다는 나만의 집착이 있다. 다른 볼거리를 안 보더라도 말이다. 그래서 부에노스아이레스에서 꼭 봐야 한다는 탱고와 푸에르자 부르타Fuerza Bruta 공연을 관람했다. 그렇게 공연 문화를 접하고 나면 나도 모르게 위안을 얻는다.

예전에는 책에서 말하거나 사람들이 추천하는 곳들을 꼭

서먹한 엄마와 거친 남미로 떠났다

가야 하는 줄 알았는데, 그러지 않아도 됨을 알았다. 나만의 여행 스타일을 찾은 것이다. 대중적으로 꼭 가야 하는 곳을 방문하는 여행이 아니라도 자신만의 스타일을 안다면 충분히 의미 있는 여행을 즐길 수 있다.

숙소에서 어떤 친구를 만났다. 여행 온 것 같은데 절대 낮에는 밖에 나가지 않는 친구였다. 아침부터 부지런히 다니는 여행자들과 달리, 하루 일과가 끝나는 저녁때쯤 일어나 활동하는 그에게 호기심이 일었다. 나중에 알게 되었는데, 그 친구는 탱고를 배우기 위해 부에노스아이레스에 장기 투숙하고 있었다. 춤을 추기 위해 밤에 활동하고 낮에는 잠을 잤던 것이다. 두 달 동안의 탱고 여행이 끝나면 유학하고 있는 미국으로 다시 돌아간다고 했다.

이 친구도 부에노스아이레스에 도착하자마자 가방과 여권을 도난당했다고 한다. 그건 바로 캐리어를 옆에 놓고 신발 끈을 묶고 있던 순간이었다고. 그런 일을 겪고도 그 친구는 굉장히 여유 있어 보였다. 어쨌든 여권은 다시 신청하면 되는 거고, 자신은 바쁠 게 없는 사람이니 여유 있게 기다리면 된다고 했다. 만나는 친구들마다 어린 데도 불구하고 예상치 못한 사건을 대하는 태도에서 여유가 있다는 생각이 들었다.

그 친구는 만나는 여행자들에게 탱고 배우기를 권유했다. 시간이 한정적이어서 이곳저곳을 메뚜기 같이 다녀야 하는 다른 여행자들, 특히나 이 도시에 오래 머물지 않고 잠깐 분위기만 보고 가는 이들에게 탱고를 위해 시간을 내기란 녹록지 않아 보였다. 하지만 나는 비교적 시간적 여유가 있는 여행자였다. 한 번쯤은 나도 영화 〈여인의 향기〉에 나오는 여주인공처럼 탱고를 추는 상상을 해본 적이 있지만, 시도는 해보지 않았다. 내가 추기에는 조금 남부끄러워 보인다는 생각이 들었고, 나와는 어울리지 않는 생각이 들어서다. 그런 내가 그 친구와 함께 탱고를 추는 장소인 '밀롱가Milonga'로 향했다. 밤늦은 시간에 말이다.

조금은 허름해 보이는 체육관 같은 모습을 하고 있는 밀롱가에는 시간이 흐르면서 더 많은 사람들이 모여들기 시작했다. 처음엔 나도 하나, 둘 하면서 스텝을 배웠다. 남미 여행은 트레킹이 전부라고 생각해서 트레킹화만 가지고 온 게 천추

서먹한 엄마와 거친 남미로 떠났다

의 한이었다. 신발 때문에 춤을 추는데 기분이 나지 않았다. 못하는 사람이 꼭 이렇게 장비를 탓하지만, 난 지금 장비라도 탓해야 한다.

일찍이 신발 탓을 하면서 춤을 추지 않으려고 했다. 그런데 함께 갔던 친구와 탱고의 대가처럼 보이는 나이 지긋하신 분이 추는 춤에 매료되어 나도 함께 탱고를 추었다. 춤을 다 추고는 일행과 앉아서 다른 사람들의 탱고를 감상하다가 화장실을 다녀오느라 잠깐 서 있었다. 그 틈에 젊은 아르헨티노가 와서 춤을 청했다. 그냥 즐기면 되는 것이거늘 나는 또

한 마디 덧붙인다.

"제가 춤을 잘 못 춰서……."

지금에야 말할 수 있지만 소싯적에 스윙과 살사 댄스를 배웠던 적이 있다. 뭐 하나를 배우면 꾸준히 하는 나인데 몸을 쓰는 춤만큼은 이상하게 '꾸준히'가 되지 않았다. 아무리 연습을 해도 좋아지지 않는 나의 유연성 때문이리라. 계속하다 보면 발전해야 하는데 도무지 그쪽으론 감이 없었다. 그 뒤로 난 내 분야가 아닌 것에 함부로 눈독을 들이지 않겠다고 결심을 했고, 나를 받아들이기 시작했다.

그래도 그동안 짧게나마 배워봤던 것을 바탕으로 스윙과 살사와 탱고의 공통점을 말한다면 혼자서 추는 춤이 아니라는 것이다. 남자는 리더, 여자는 팔로워라고 하는데 여자는 남자의 리드에 몸을 맡겨 잘 반응을 하면 된다. 고로 춤을 잘 추지 못해도 잘 출 수 있도록 리드해주는 사람을 만나면 잘 출 수 있다. 묻어갈 수 있다는 말이다. 뼛속까지 춤을 즐기는 리더를 만나 내 몸이 날고 있다는 느낌을 받은 적은 있다. 하지만 아무리 춤을 배운다고 해도 아직 나에게 춤은 '넘사벽 (넘을 수 없는 벽)'이다.

서먹한 엄마와 거친 남미로 떠났다

부에노스아이레스를 여행하는 사람들이 꼭 한번 찾는 거리
가 있는데 바로 항구 지역인 보카Boca의 카미니토Caminito이
다. 탱고의 탄생은 항구 지역에서 이루어졌다고 할 수 있다.
항구 지역에선 대부분 삶에 지친 가난한 이민자들이 살았는
데 그들의 고향에 대한 향수와 지친 삶에 대한 애환이 버무
려져 그들의 정서를 담은 탱고가 태어났다고 한다. 그래서인
지 유독 알록달록한 색을 칠한 건물들이 인상적인 카미니토
에선, 거리 곳곳에서 탱고를 추는 사람들을 볼 수 있다.

탱고.
추는 사람을 보고 있으면 눈이 시리도록 매력적이지만 난 그
냥 보는 것으로 만족하련다.

딸   우리의 본격적인 배낭여행이 시작되었는데 한인 민박에서 묵은 소감은요?

엄마   도로 앞이라 그런지 시끄러웠어. 그런데 일단 한국 음식을 먹을 수 있어서 좋았고, 아들딸 같은 젊은 친구들을 만날 수 있어서 신기했어. 민박집에서 만나 같이 시장 구경도 가고, 정말 맛있는 소고기도 먹고, 100년이 넘었다는 커피숍도 가보고 재밌었어. 한국에선 이렇게 만나도 같이 다니기 힘들잖아. 저녁에 민박집에서 도란도란 둘러앉아서 음식도 같이 해 먹고, 사는 이야기도 하고. 젊은 친구들이 이런 생각을 가지고 살고 있구나 생각했지.

딸   그런데 왜 새벽까지 안 주무시고 계셨어요?

엄마   딸이 밖에서 아직 안 들어왔는데 잠이 오나! 하도 무서운 얘기를 많이 들어놓으니까 걱정이 돼서.

딸   그게 바로 엄마 마음이겠죠?

○

두려운 ⎯⎯⎯⎯⎯⎯⎯

⎯⎯⎯⎯⎯⎯⎯ **24시간 장거리 버스**

⎯⎯⎯⎯⎯⎯⎯ 해야 하는 일인데 하기 싫어서 미루고 미뤘던 적이 누구나 있을 것이다. 결국 할 거면서 말이다. 남미 여행에서의 장거리 버스 타기가 내겐 그랬다. 피해갈 수 없다는 것을 알면서도 최대한 늦추고 싶어 미뤄 놓았었다. 엄마 핑계를 댔지만 결국 내가 싫었던 거다. 이제는 절약보다도 편안함을 추구하는 나이가 되었다. 하루 24시간이라는 시간을 버스 안에서 보내야 한다는 생각에 아찔했다. 애증의 아르헨티나를 떠나는 방법은 그것밖에 없을까.

여행 전부터 아르헨티나의 최남단까지 가서 빙하를 보고도 싶었다. 하지만 한 겨울에는 트레킹 코스가 닫힌다고 했

서먹한 엄마와 거친 남미로 떠났다

다. 지금은 겨울 시즌이고 가는 길은 막혔다. 가끔은 어쩔 수 없는 환경이 고마울 때도 있다. 선택을 하기 위해 고민을 안 해도 되니 말이다. 그래서 우린 바로 칠레 산티아고Santiago로 넘어가기로 했다. 비행기로는 2시간이면 가는데 비행기 티켓 값보다 부수적으로 붙는 요금이 더 비쌌다. 어차피 넘어야 하는 산이라면 지금 넘는 것도 괜찮겠지? 나는 용기를 냈다. 24시간 버스를 예매한 것이다. 그것도 2층의 제일 앞자리로!

"엄마, 24시간 동안 버스 타는 거 괜찮으시겠어요?"
"걷는 거 아니라 앉아서 계속 가는 거니까 괜찮아."

사실 버스 회사마다 다르겠지만 1층이 더 편안한 좌석이다. 하지만 나는 통 창문으로 바깥 풍경을 볼 수 있는 2층 앞자리를 포기하지 못했다. 그리고 누군가에게 칠레는 펼쳐진 산이 아름다워서 바깥 풍경을 감상하느라 목이 아픈지도 몰랐다는 얘기를 들은 터이기 때문이다. 24시간이면 하루라는 시간을 꼭 채워 버스에 갇혀 있어야 한다. 더 불편한 비행기에

서도 그만큼 시간을 보냈던 우리였는데 왜 이렇게 두려웠는지 모르겠다.

출발시간은 오후 늦게였다. 버스를 타고 가다 보니 금방 바깥이 깜깜해진 것을 볼 수 있었다. 그리고 우리는 목을 휘저어 가며 잠이 들었다. 일어나보니 아직 바깥은 어두웠다. 밤이 끝도 없이 이어지는 기분이었다. 세상에서 가장 긴 밤을 우리는 맛보았다. 자다가 일어나도 계속 그 자리에 있는 것 같은 기분.

조금 있으니 동이 트는 것이 보이고 밖이 밝아졌다. 그리고 정말 통유리 앞으로 환상적인 장면이 펼쳐졌다. 끝도 없이 펼쳐지는 산이지만 각각의 색을 달리하고 있는 모습. 그리고 잠시 뒤에 눈 쌓인 산이 보였다. 역시 2층 앞자리를 사수하기 잘했다는 생각이 든다. 이런 명장면을 눈앞에서 볼 수 있어서 감동이다.

'역시 나의 선택은 틀리지 않았어!'

이성적으로는 알겠는데 감성이 자꾸 아니라고 할 때가 있다. 그때는 느낌에 기대어 봐도 나쁘지 않다. 느낌이 이성을 뛰어넘을 때도 있으니까.

건물들이 많이 보이면서 대도시에 왔다는 느낌이 든다. 그리고 우리는 칠레 산티아고에 무사히 도착했다. 하루 24시간을 꼬박 버스 안에서 견디고 마주한 칠레의 첫인상은 뭔가 역동적인 느낌이었다. 알고 봤더니 그 시간에 칠레가 다른 나라와 축구 경기를 하는 날이었다. 삼삼오오 모여 텔레비전에 집중하며 환호하는 목소리에 더 역동적이라고 느꼈는지도 모르겠다.

우린 예약해 놓았던 민박집을 찾아갔다. 버스를 타고 오느라 고생했기에 별다른 일정 없이 쉬기로 했다. 그리고 배낭여행자들에게 입소문이 자자한 산티아고 맛집 '두리스시 Durisushi'에 가기로 했다. 한국 분이 운영하는 식당이었다. 한국에서 먹었던 칠레 연어를 진짜 칠레에서 싱싱하게 맛볼 수 있다는 사실만으로도 설레었다. 사장님께 인사를 드렸더니 엄마와 고향이 같으시단다. 본인이 이민을 오게 된 계기부터 인생 스토리를 들을 수 있었다. 엄마는 간만에 고향 사람도 만나고 한국말로 대화할 수 있어 즐거워 보였다. 연어와 해산물 요리는 정말 최고였다. 기분이 좋아 칠레 와인까지 한 잔, 두 잔 곁들이다 보니 시간이 어떻게 가는지 몰랐다. 최고의 행복은 큰 데 있는 게 아니다. 기분 좋은 사람과의 대화, 그리고 맛있는 음식, 최고급 와인까지……. 그거면 충분했다. 이런 소소한 행복을 많이 느끼며 살았으면 좋겠다. 함께 갔던 친구와 와인 두 병은 거뜬히 마시고 우린 사장님의 차를 타고 민박집에 편하게 올 수 있었다.

늦게 들어간 민박집엔 막 도착하거나 칠레에서 워킹 홀리데이를 하고 있는 친구들이 삼삼오오 모여 앉아 이야기를 나누고 있었다. 거기에 우리도 합세했다. 여행은 그런 맛이니까. 낯선 사람과의 소통이 자연스럽고, 그렇게 친구가 되는 곳. 한국에서는 모르는 사람과 이렇게 대화하기 힘들지만 우리는 여행 중이기에, 그리고 한국 사람들이 모인 민박집이기에 이 모든 것들이 자연스러웠다.

대화 중에 민박집 주인 언니가 한 말에 놀랐다. 어제까지만 해도 칠레에서 아르헨티나로 버스를 타고 넘어가려던 친구들이 폭설 때문에 넘어가지 못하고 다시 되돌아왔다는 것이었다.

"그래요? 우리 오늘 그 길을 넘어왔는데. 오면서 보니 완전 멋있던데요."

내 말을 듣고 민박집 언니가 말했다.

"겨울에는 언제 폭설이 내릴지 몰라서 버스가 안 다니는 경우가 다반사인데, 진짜 운 좋았네."

그 길을 경험해본 사람은 흔치 않다고 했다. 그리고 정말 비경이라고 했다.

'역시 내가 왜 그리 24시간 타는 버스에 집착했는지 이제 알았어.'

두려움이었던 '24시간 버스 타기'가 남들이 하지 못하는 특별한 경험으로, 그리고 두려움을 넘어서 환희가 되었던 순간이었다.

그런 경험을 많이 가져야 한다. 두려움을 그냥 두려움으로 남겨놓지 말기를 바란다. 어떻게든 경험을 하고 뛰어넘어 그 너머에 있는 환희를 맛보기를……

서먹한 엄마와 거친 남미로 떠났다

딸   그동안 보았던 엄마의 모습 중 가장 즐거워 보였는데, 지구 반대편에서 고향 사람을 만난 소감은 어떠세요?

엄마   꼬부랑 글씨만 보다가 한국어로 된 간판을 보니 반가웠고, 거기에 전라도 사투리가 들려서 더 반가웠지. 그래서 나도 모르게 "오라버니 같은데 고향이 어디세요?"라고 물어봤더니, 사장님이 "오라버니? 제가 보기엔 누님 같은데요"라고 말해서 웃기더라. 사장님이 참 재미있었어. 한국에서 사업을 하다가 칠레까지 와서 사업을 하는 게 참 신기했지. 근데 그중에서도 최고는 바로 망고 주스였어. 정말 맛있었어.

하지 않으면 두려움은 계속
두려움으로 남겠지

하지만 해보지 않으면 영원히
그 너머의 환희는 맛볼 수 없을 거야

칠레

여행자들을 유혹하는 _____

_____ 항구 도시

_____ 세계에서 가장 길게 뻗어 있다는 칠레. 그리고 그 긴 지도 중심에 있는 산티아고. 이곳에서 부에노스아이레스에서 만났던 친구를 또 만났다. 직장생활을 하는데 짧은 휴가를 내서 페루에서 시작해서 아르헨티나, 칠레까지 여행하고 이곳에서 한국으로 돌아간다고 했다. 부에노스아이레스에서 탱고를 배우러 같이 갔던 친구였다. 그 친구와 산티아고에서 2시간 정도 떨어진 항구 도시, 발파라이소Valparaiso에 가기로 했다.

"엄마, 우린 오늘 항구 도시에 갈 건데 숙소에서 쉬시겠어요?"

서먹한 엄마와 거친 남미로 떠났다

"아니, 당연히 가야지."

산티아고 시내를 갈 때는 안 가겠다고 하신 엄마라서 여쭤본 건데 오늘은 한 치의 망설임도 없이 가시겠다고 한다. 생각보다 칠레 산티아고 시내는 볼거리가 없었다. 사람들이 산티아고는 그냥 지나친다고 하는데 그 말이 이해가 갔다.

여행을 하면서 점점 느끼는 거지만 이제는 도심에 있는 화려한 관광지라고 하는 곳보다 남들이 많이 가지 않는 특이한 작은 마을이 좋다. 하지만 그렇다고 남들이 다 간다는 곳들도 무시할 수는 없는 법. 발파라이소에 꼭 가봐야겠다고 생각하고 기대가 되었던 이유는 호불호는 갈리지만 '장기 배낭여행자들이 한번 발을 들이면 오래 머무는 곳'이라는 한 문장 때문이었다. 그 말에 엄마도 무릎이 아프더라도 가야겠다고 생각하셨나 보다.

발파라이소에 가기 위해 우리가 처음에 왔던 산티아고 버스 터미널로 향했다. 어디나 그렇듯 패키지 상품을 팔기 위한 사람들의 유혹이 있지만 우리는 자신 있게 버스표만 예매했다. 와인이 유명한 칠레답게 발파라이소를 향해 가는 길에 포도밭이 끝없이 펼쳐졌다. 와이너리 투어를 하려고도 생각했는데 지금은 계절상 겨울이다. 그다지 메리트가 없을 것 같았다. 와인은 그냥 잘 마시면 되는 거지 뭐.

두 시간 정도 달리자 도심이 보이기 시작했다. 그런데 특이한 광경이 눈에 들어왔다. 높은 산 위로 집들이 빽빽하게 들어서 있었다. 그리고 다른 쪽으로는 끝도 없이 바다가 펼쳐졌다. 항구 도시의 특색이다. 바다가 없는 곳에서 자랐던 나는 산과 바다가 함께 보이는 풍경이 신기했다. 항구도시는 항구도시만의 거친 느낌이 있는데, 그 안에는 또 아기자기한 면도 있는 것 같다. 발파라이소는 한국의 부산, 통영과 비

서먹한 엄마와 거친 남미로 떠났다

슷한 느낌이 들었다. 도시 중심에는 높은 산이 있는데, 이 산 위에서 항구 쪽을 내려다보는 전망이 기막히다.

항구도시의 특성상 사람들이 조금 거칠다고 하던데 나는 오히려 소박함과 순수함을 보았다. 중심 부둣가로 향하는 버스 안에서 내 옆에 앉았던 소녀가 있다. 중학생 즈음으로 보이는 소녀는 교복을 입고 있었는데, 우리더러 어딜 가냐고 물어보더니 친절하게 안내해준다. 한국에서 왔다고 하니까 자신이 듣고 있는 K-POP을 들려주며 따라 부른다. 산티아고 메인 광장에서도 교복을 입고 떼를 지어 한국 노래를 틀어놓고 춤을 추는 친구들을 보았는데, 남미에서의 K-POP 열풍이 실감 났다. TV에서 접하는 것과 이렇게 실제로 몸소 느끼는 건 정말 다르다. 그런데 난 오히려 K-POP을 잘 모르고 라틴 음악을 더 좋아하는 아이러니한 상황이다.

발파라이소에서 전망을 감상하기 좋은 콘셉시온Concepcion 언덕을 올라가기로 했다. 콘셉시온 언덕은 아센소르 콘셉시온Asensor Concepcion이라고 불리는 경사형 엘리베이터를 타고 올라가면 된다. 그런데 우리는 아센소르를 찾지 못하고 결국 두 발로 계단을 힘겹게 오르며 언덕에 도착했다. 그 덕분에

서먹한 엄마와 거친 남미로 떠났다

골목에 있는 벽화들을 감상할 수 있긴 했지만.

결핍 속에서 간절함이 생기고 그 간절함 속에서 목표를 이뤄내는 사람이 많다. 발파라이소의 도시 느낌은 '결핍'과 맞닿아 있었다. 언덕이 있는 항구 도시엔 알록달록 도시를 아름답게 꾸며주는 그라피티(낙서 예술) 아티스트들이 많이 활동하고 있다고 했다. 단정할 순 없지만, 뭔가가 채워지지 않는 결핍은 사람들로 하여금 그 결핍을 어떻게든 표현하게끔 만드는지도 모른다. 그것이 바로 삶의 예술이 되는 것 같다. 물론 풍족함 속에서도 예술 작품이 나올 수 있지만 어쨌든 결핍은 폭발적인 에너지를 갖게 한다. 풍부한 조화보다는 척박한 땅에서 피어있는 한 송이의 꽃이 더 감동을 주는 것처럼. 이것 또한 사람마다 다르겠지만…….

골목 계단을 오르는데 곳곳에 숨어 있는 게스트 하우스 앞으로 장기 배낭여행자의 아우라를 뿜내며 순간을 즐기는 사람들이 앉아 있다. 어떤 걱정도 없어 보이고 지금 이 순간을 충실히 즐기는 사람들. 바쁘게, 열심히 사는 사람들 눈에는 한심해 보일 수도 있지만 그들은 그 자체로 풍족해 보였다. 여유 있던 그들의 모습이 너무 매력적이어서, 혼자 왔으면

결핍이 이루어낸 예술의 꽃망울들이
엄마와 함께 가는 발걸음마다 아롱져 있었다

발파라이소 언덕에 있는 한 게스트 하우스에서 원하는 대로 머물렀을지도 모른다.

세계가 사랑했다는, 하지만 나로서는 이곳 칠레에 와서 처음 들어보는 시인 파블로 네루다Pablo Neruda가 세 번째 부인과 살았다는 집에 갔다. 그곳에서 보는 발파라이소의 전망이 가히 최고였다. 네루다 시인에 대해 접할 기회가 많지 않았지만 세계적으로 유명한 시인이자 정치가였음은 틀림없었나 보다. 그곳을 찾은 세계 각국의 많은 관광객들이 증명해 주고 있었다. 아니면 그들도 가이드북을 따라 왔을 수도.

엄마는 오늘 많은 계단을 오르셨다. 계속 무릎이 좋지 않은 엄마가 걱정됐는데, 엄마는 이곳은 오길 잘했다고 말씀하셨다.

"산티아고 시내는 별로 가고 싶지 않았는데, 여기는 와야겠다는 생각이 들더라. 좀 다른 게 보이네."

엄마는 그렇게 누구의 권유로 인해서가 아닌 자신만의 느낌과 철학으로 여행을 선택해 가고 계셨다.

Somos
Pacifico
estamos
unidos
Nos
La región
La Pinta
La raza
y el don
del Sabor"
ChocQuibTown

엄마와 딸의 시시콜콜 남미 뒷이야기

딸   파블로 네루다는 알고 계셨어요?

엄마 당연히 알고 있었지. 예전에 문학회에서 이 시인에 대해 토론을 한 적이 있어.

딸   엄마 대단하신걸? 나도 몰랐었는데. 알고 보니 더 의미가 있었겠어요.

엄마 그럼!

딸   언덕길 올라갈 때 무릎 아프셨죠.

엄마 고생은 좀 했지만 위에서 본 바다 풍경이 멋있어서 괜찮았어. 나름 행복한 날이었어.

서먹한 엄마와 거친 남미로 떠났다

○

사막 위로 ─────────

───────── 별이 쏟아진다

───────── "내가 지구상에서 가장 좋아하는 곳이야. 일조량 많고 건조하고 하늘도 맑아서 밤이 되면 사막 위로 별이 쏟아진다는 기분이 들기도 해."

어느 날, 〈별에서 온 그대〉라는 드라마를 시청하다가 이 대사 앞에서 나는 멈췄다. 지구상에서 가장 좋아하는 곳을 콕 집어 말할 수 있는 사람이 과연 몇이나 될까? 그렇게 말할 수 있는 사람은 그 장소에서 아마 자신 그대로의 충만함을 느낀 사람이었을 것이다. 그리고 그런 경험이 있다는 것은 정말 값진 일이다.

주인공이 말하고 있는 이 장소는 칠레 북부에 끝없이 펼쳐진 사막이다. 그리고 거기엔 '산페드로데아타카마San Pedro de Atacama'라는 오래된 작은 마을이 있다. 칠레 산티아고에서 24시간 버스를 타고 가야 하는 도시. 하지만 우리는 이미 24시간 장거리 버스를 경험했기에 이제는 비행기를 이용해서 시간을 좀 아끼기로 했다. 산티아고에서 칼라마Calama 공항으로 가야 하는데 칼라마까지는 비행기로 한 시간 반 정도 시간이 소요되고, 거기서부터 아타카마까지는 두 시간 정도 버스를 타고 이동해야 한다.

칠레는 거의 산맥으로 이루어져 있다. 그렇기에 비행기에서 아래를 볼 때도 비행기가 그리 높은 곳에 떠 있다는 생각이 안 들었다. 흰 눈이 덮인 산맥들을 지나고 갑자기 창문 밖의 풍경이 황토색으로 변했다. 그래서 우리가 사막에 도착했구나 생각했다. 칼라마 공항에 도착한 느낌은 그야말로 황량함이었다. 우리는 버스를 타고 아무것도 없는 캄캄한 미지의 장소로 계속해서 들어갔다. 도착한 시간이 밤인 데다가 주변에 불빛이 하나도 없어서 아무것도 보이지 않는 터널 속을 계속해서 가는 느낌이었다. 다행히도 버스 기사님은 우리가 예약한 숙소 앞까지 안전하게 데려다주었다.

아타카마는 마을 끝에서 끝까지 걸으면 20분 정도 걸리는 진짜 작은 마을이었다. 진흙을 굳혀 벽돌을 만들어 쌓아 올린 아도베 양식으로 지어진 흙집이 대부분으로, 마을 전체의 빛깔은 황토색이었다. 특색이 있어 좋은 곳, 아기자기함에 마음이 편안해지는 곳, 그래서 큰 이벤트가 없어도 마을을 어슬렁거리며 편안하게 며칠 동안 머무르며 휴식을 취해도 좋은 곳이라는 느낌이 들었다. 하지만 물가는 조금 비싸다는 느낌!

이곳은 마을 자체의 구경거리보다는 주변을 여행하는 투어 상품이 많았다. 일단 가장 유명한 달의 계곡 투어를 신청했다. 우주 비행사 닐 암스트롱이 '달 표면과 비슷한 곳'이라고 한 후 달의 계곡이라는 이름이 붙여졌다고 한다. 그는 남미를 여행한 후에 남미에는 두 개의 달의 계곡이 존재한다고 했다(또 다른 하나는 볼리비아에 있다). 실제로 달과 환경이 비슷해 우주 비행사들이 훈련을 받기도 했던 곳이다.

투어 시간이 되어서 메인 거리로 갔다(메인 거리라고 해봤자 하나의 길밖에 없다). 그런데 정말 거짓말처럼 거리엔 사람이 없었다. 왜? 그 시간에 축구 경기가 있었기 때문이다. 칠레 사람들은 축구 경기가 있는 날이면 만사를 제치고 경기를 본다. 투어를 신청한 사람들이 하나둘씩 모이자 우리는 걸어서 봉고차가 있는 곳까지 갔다. 가이드는 각 나라의 언어로 인사를 건네며 특유의 친화력을 발휘했다.

봉고차를 타고 가는 길은 황량함 그 자체였다. 영화 〈마션〉에 나올 법한 풍경들. 외계 생명체가 있을 것도 같았다. 투어는 오후 4시에 시작해서 소금 바위들을 헤쳐 나가고, 세 개의 마리아상(기도하는 마리아 같다고 해서 붙여진 이름)을 지나, 해가 질 무렵에 달의 계곡에 도착했다.

'자연보다 위대한 예술가는 없다'라는 말에 절로 고개가 끄덕여지는 곳. 그 어떤 화려함이 아닌 있는 그대로의 거친 모습과 황량함 자체를 바라보게 되는 곳. 살아있는 지구가 만들어 낸 환상적인 지형이었다. 무엇보다 황량함 속에서 바라보는 일몰의 풍경은 예술이었다. 오로라 빛을 머금으며 은은하게 사라지는 해를 멍하니 바라보았다. 가이드는 그 사이 사진을 찍어 주겠다며 점프를 한번 해보라고 했다. 그리고

서먹한 엄마와 거친 남미로 떠났다

'자연보다 위대한 예술가는 없다'는 말에 절로 고개가 끄덕여졌다.

나는 꽤 만족스러운 사진을 건질 수 있었다.

엄마는 본인이 느끼기에 이제까지 보셨던 비슷한 풍경이 펼쳐질 거 같으면 숙소에서 쉬겠다고 하셨다. 투어를 마치고 돌아와서 숙소를 가는 길, 가로등도 하나 없고 정말 깜깜했다. 가다가 잘못하면 넘어지기 좋은 곳. 오늘도 난 숙제 하나를 마친 기분이었다.

서먹한 엄마와 거친 남미로 떠났다

엄마와 딸의 시시콜콜 남미 뒷이야기

| 딸 | 몸은 어떠세요? 이제 우리가 가는 곳이 계속 고산 지대인데…….

| 엄마 | 목소리가 변하는 거 같아. 고산에, 사막이라 더 그런 거 같아.

| 딸 | 앞으로가 문제일 텐데. 건강 관리 잘해야 해요.

| 엄마 | 응. 그래서 잘 쉬고 있잖아. 사막 투어는 어땠어?

| 딸 | 난 괜찮았는데, 엄마는 안 가시길 잘한 거 같아요.

| 엄마 | 그치! 옛날에 중국 비단 지린 사막 다녀와서 사막은 안 가도 될 거 같았어.

| 딸 | 그런데 여기 진짜 조용한 거 같아요. 마을 자체가…….

| 엄마 | 응. 숙소에 있으면 아무 소리도 안 들려.

| 딸 | 혼자 있으면 좀 무섭겠네요.

| 엄마 | 그래도 오늘은 혼자 잘 쉬었어.

| 딸 | 내일은 드디어 우유니에 갑니다. 새벽 3시에 일어나야 해서 우리 빨리 자야 해요.

| 엄마 | 알겠어. 잘자!

○

제발 그것만은 _____

_____ 돌려주세요

_____ 난 싸움을 잘 하지 않는다. 싸움이 생길 거 같으면 한 발짝 물러나는 편에 속한다. 어떤 사람들은 싸우면서 더 친해진다고 하는데, 나는 싸움이 싫다. 싸움할 때 생기는 감정을 잘 조절하지 못해서이기도 하고 싸움이란 자체가 싫다. 보통은 내가 좀 참는 편이고, 참을 수 없을 정도가 되면 그때 관계가 끝나는 시점이라 보면 된다. 하지만 정말 함께 갈 사람이면 싸움이 시작되려고 할 때 참았다가 나중에 대화를 시도하는 편이다.

대부분 엄마를 이해하는 편이었지만 엄마의 행동에 참을 수 없을 때가 있었다. 파라과이에서 엄마는 친구들 선물을 사

 서먹한 엄마와 거친 남미로 떠났다

야 한다며 병으로 된 커피를 사겠다고 하셨다. 그것도 한 박스를 말이다. 아직 우린 본격적인 여행도 시작하지 않았는데 여행 초반부터 짐을 늘리겠다는 엄마. 엄마를 말렸지만 엄마는 어떻게든 사려고 하셨다. 그 모든 짐은 내가 짊어지고 가야 하는데……. 하나는 등에 메고, 하나는 끌면서 말이다.

"제발, 여행하면서 뭐 살 생각 마세요."

"이건 진짜 사야 돼. 이것만 사면 돼."

고집부리는 엄마. 우리는 병 대신에 봉지로 된 커피 한 박스를 사기로 타협했다. 그래서 50그램짜리 봉지 커피 30봉을 구매했다.

게다가 코코넛 비누가 좋다는 숙모 이야기를 들은 엄마는 그걸 또 사셨다. 이건 1킬로그램이다. 여행을 다니다 보면 무게에 민감해질 수밖에 없다. 하지만 엄마는 그걸 모른다. 그리고 난 그 짐들을 아르헨티나에서 칠레까지 들고 다녔다. 하지만 우리에겐 앞으로의 여정이 더 남아있다. 짐을 풀었다 다시 쌀 때마다 한국에서도 살 수 있는 커피와 비누를 보면서 나도 모르게 한숨이 나왔다.

오늘도 역시 짐을 꾸렸다. 칠레에서 볼리비아로 국경을 넘는 날이기 때문이다. 아타카마에서 새벽 3시에 출발하는 버스를 타고 8시간을 가면 우유니에 도착한다. 24시간 장거리 버스도 탔겠다, 8시간 정도는 만만하다고 생각해야 하는데 왜 이렇게 버스 탈 때마다 두려움이 밀려드는지 모르겠다. 20대 때는 아무렇지도 않게 생각했던 것들이 이제는 몸을 사려야 할 일들이 된다. 단순히 젊지 않아서? 아니면 너무 경험을 많이 해서?

잠을 자는 둥 마는 둥 하고 우린 새벽 3시에 버스터미널로 갔다. 다행히도 터미널은 숙소와 가까운 위치에 있었다. 아직 버스정류장은 문이 닫혀 있었다. 밖에서 기다리고 있는데 사람들이 하나둘씩 모여들기 시작한다. 버스 정류장에 불이 켜졌다. 그리고 우유니로 향하는 버스에 몸을 실었다. 버스는 무지하게 불편했다. 우리나라 일반 버스보다도 더 열악한 수준이었다. 이걸 타고 8시간이나 가야 한다고? 아찔하다. 버스에는 여행자들보다 현지인들이 더 많아 보였다. 피곤은 걱정을 물리친다. 스르르 잠이 들어 몇 번이나 헤드뱅잉을 하며 목이 꺾이는 가운데서도 잠을 잤다. 어느덧 얼굴이 뜨거워지기 시작한다. 햇볕이 직진으로 내리쬐고 있었다.

  서먹한 엄마와 거친 남미로 떠났다

한참을 달리던 버스가 갑자기 서더니 사람들이 하나둘씩 내리기 시작한다. 아직 우유니에 도착한 것 같진 않고, 아마 국경인가 보다. 아르헨티나에서 칠레로 국경을 넘을 때도 버스에서 내려 입국신고서를 쓰고 가방을 검사받았었다. 그래도 칠레에선 기계로 가방 검사를 했는데, 여기는 일일이 사람들이 가방을 열어서 하나하나 검사하고 있었다.

드디어 우리 차례가 왔고, 아무 탈 없이 보내줄 줄 알았는데⋯⋯. 이게 웬걸! 직원들은 우리의 가방을 샅샅이 뒤지기 시작했다. 아주 원시적으로 하나하나 짐들을 꼼꼼하게 검사하더니, 뭔가 발견한 듯한 표정을 짓고 캐리어 제일 밑에 깔려 있던 잘 포장되어 있는 커피들을 꺼냈다. 아르헨티나에서 칠레 국경을 넘을 땐 문제가 없었다. 그런데 볼리비아 국경 직원들은 포장된 커피를 문제 삼고 있었다. 너무 커피가 많다면서 가져갈 수 없다는 것이다. 과일이나 음료들은 이해를 하겠다만 이건 이해할 수 없었다. 그러면서 선심 쓰듯이 세 봉지를 준다. 누가 이 상황을 정당하게 받아들일 수 있을까. 딱 봐도 이건 갈취하는 건데. 숙모가 하신 말씀이 생각났다. 국경 직원들이 뭔가를 빼앗아 간다면 그건 자신들이 먹

거나 팔려고 하는 것이라는 말이다. 그냥 지나쳐 들었던 말인데 우리가 그 상황을 맞닥뜨리니 정말 분노가 일었다. 하지만 우리가 할 수 있는 건 아무것도 없었다. 나는 직원들에게 다시 한번 호소했다.

"아르헨티나에서 칠레로 넘어갈 때도 아무 문제 없었다고요!"

"거긴 칠레고, 여긴 볼리비아야!"

직원은 그렇게 말할 뿐이다. 볼리비아 사람들이 칠레를 별로 좋아하지 않는다는 것은 알았지만 이럴 줄이야. 볼리비아와 칠레의 관계는 우리나라와 일본의 관계를 생각하면 아마

서먹한 엄마와 거친 남미로 떠났다

이해하기 쉬울 것이다. 우리가 전날 있었던 아타카마도 원래 볼리비아의 영토였다. 그런데 칠레가 태평양 전쟁에서 페루와 볼리비아에 승리하고 이 땅을 차지한 것이다. 볼리비아 입장에서는 광물이 풍부한 땅도 빼앗기고, 거기에 바다로 이어지는 영토까지 잃었다. 졸지에 볼리비아는 바다가 없는 내륙국가가 되었다.

생각지도 못했던 일 앞에 망연자실한 건 엄마였다.

"엄마 어떻게 해요? 이 사람들 절대 안 줄 거 같은데? 어떡하죠? 불쌍한 표정으로 다시 이야기해볼까요? 마지막 필살기로……."

이 말이 떨어지기가 무섭게 엄마는 엄마 생애에서 최고로 간절하고 난감한 표정을 지으셨다. 세상 무너진 것 같은 얼굴로 말을 이어가셨다.

"그거 사람들한테 선물할 건데. 제발 좀 부탁해요."

아무리 불쌍한 표정을 짓는다 한들 그게 먹힐 리 없었다. 이들은 이미 빼앗기로 마음을 먹었기 때문이다. 그리고 이 상황에서 군이 갑과 을을 따지자면 그들은 분명한 갑이었기 때문이다. 어떻게 할 수가 없었다. 주위를 돌아보니 우리밖에 남아 있지 않았다. 다른 사람들은 이미 짐 검사를 끝내고 차에 탔기 때문이다. 다른 사람들에게도 피해를 줄 순 없었기에 난 재빨리 정신을 차렸다. 그리고 엄마에게 말했다.

"엄마, 그냥 우리 이쯤에서 포기해요. 정신 건강에 안 좋겠어. 커피만 잃어서 얼마나 다행이야! 저 커피 마시고 잘 먹고 잘 살라고 해요."

생각지도 못했지만, 이미 벌어진 일이고 어쩔 수 없다면 잊는 게 상책이다. 그런데 갑자기 볼리비아가 싫어지는 건 왜일까. 그리고 커피를 투명한 비닐 팩에 담지 않고, 좀 분산시키거나 안 보이는 봉투에 담을 걸 하는 아쉬움이 드는 건 왜일까. 커피를 살 땐 엄마가 그렇게 야속하더니 엄마의 표정을 보니 짠하게 느껴진다. 친구들에게 선물하겠다고 산 건데 엄마의 상실감은 이루 말할 수 없을 거다.

국경에서 우유니 마을로 오는 거리가 편치는 않았다. 하지만 우리의 기분과 상관없이 여행은 계속되어야 한다. 그리고 우린 지금 버킷리스트에 예전부터 써 놓았던, 소금 사막을 볼 수 있는 우유니에 와 있다.

서먹한 엄마와 거친 남미로 떠났다

엄마와 딸의 시시콜콜 남미 뒷이야기

딸 커피 뺏겼을 때 심정이 어땠어요?

엄마 순간 머릿속이 하얘졌지. 남미 간다고 친구들이 커피 사다 달
라고 해서 산 건데. 허탈하고 서운하지. 그런데 뭐 어쩌겠어.

딸 그동안 이런 일들을 들으면서 남들에게만 일어나는 얘기인
줄 알았는데 우리도 겪었네요.

엄마 그러네. 그래도 크게 잃지 않은 게 어디야!

딸 에잇! 좀 분산시켜서 안 보이게 곳곳에 숨겨 놓을걸. 이렇게
뒤질 줄 알았나!

엄마 자기네 나라 법이 그렇다는데 우리가 어떻게 당하겠어. 다 인
마이포켓in my pocket한다는데 뭐.

딸 커피는 앞으로도 살 수 있으니 너무 상심하지 마셔요.

엄마 그래. 알겠어.

볼리비아

◯

그래도 소금 사막은 _____

_____ 찬란했다

_____ "전 남미를 그렇게 많이 다녔는데 사진 한 장 없어요. 심지어 우유니Uyuni 사막에서 찍은 사진도 한 장 없다니까요!"

"아무리 사진 찍는 걸 좋아하지 않는다고 해도 어떻게 그럴 수 있죠? 한 장쯤은 남기고 싶은 게 사람 심리일 텐데……."

"많이 독특하죠? 이게 저인 걸 어떡해요!"

아르헨티나 민박집에서 스태프로 계셨던 분이 하신 말이다. 그러면서 우유니에 가면 고산병 때문에 힘들 거라고 엄청 겁

서먹한 엄마와 거친 남미로 떠났다

을 주셨다. 그곳에 갔다가 쓰러진 나이 많은 분들을 여럿 봤다면서, 미리 큰 도시 약국에서 산소통을 사 가라는 충고도 잊지 않으셨다. '그렇게까지 해야 하나?' 하고 생각했지만, 어쨌든 생각해서 해준 말이니 그 자체로 감사했다. 겁도 줬지만 엄마랑 함께한다고 특별히 핫 팩을 챙겨 주셨다. 우유니에선 핫 팩이 필수라면서…….

우리는 하루 만에 해발 2,000미터에서 4,000미터로 넘어왔다. 미리 앞서 고산병에 대비한 약도 먹어뒀다. 10년 전에 에베레스트산을 올랐다가 고산병으로 고생했던 기억이 있다. 거기선 일주일 동안 머리도 감지 못했다. 계속 털모자를 쓰고 있었는데, 열을 뺏기면 안 된다는 이유에서다. 그래서 난 여기에 있는 동안은 샤워를 하지 않기로 했다. 타당한 이유인지는 모르겠지만.

우유니는 정말 작은 마을로 특색 있어 보이지는 않았다. 여긴 오직 소금 사막을 보기 위해 오는 것이다. 소금 사막을 보러 가기 위해서는 투어를 신청해야 한다. 하루 종일 소금 사막과 소금 호텔 그리고 선인장이 있는 곳을 돌아보고 일몰까

지 보고 오는 '데이+선셋 투어'가 있고, '선셋+스타라이트 투어', '스타라이트+선라이즈 투어' 이렇게 세 종류의 투어 상품이 있었다. 이 상품은 사진 찍기 좋아하는 한국과 일본 사람들을 겨냥한 맞춤 상품이라고 들었다. 2박 3일 동안 지프를 타고 소금 호텔에서 숙박도 하는 투어도 있는데, 꽤 고생한다고 들었다. 그렇게 칠레로 넘어갈 수도 있는 것이다. 조금만 더 어렸거나 체력이 되었더라면 그 투어를 신청했을 수도 있지만 지금은 무리다.

체력이 우선이라며 하루는 온전히 쉬자고 생각하고 있던 찰나였고, 어떤 투어를 할까 생각하고 있는데 단체 채팅방에서 투어 모집 글을 보았다. 그리고 엄마에게 무리가 안 될 것 같아 신청을 했다. 투어를 모집한 친구들은 전날에 '데이 투어'를 했는데, '선셋' 때 휴대폰 배터리가 다 떨어져 기념사진을 찍지 못했다고 한다. 그래서 투어 상품이 아닌 자신들이 원하는 곳으로 가서 사진을 찍을 수 있다는 점을 어필하면서, 선셋 사진을 찍기 위해 팀원을 모집한 것이었다. 투어엔 한국에서 온 여자 친구들만 6명이 모였다. 그리고 우리는 지프를 타고 우유니 소금 사막을 향해 달렸다. 처음엔 육각

형의 모습을 하고 있는 소금 사막에 갔다가 물이 들어찬 곳으로 갔다.

우유니 사막은 건기 때와 우기 때의 모습이 다르다. 건기 때는 육각형 모양의 건조한 느낌의 소금 사막을 볼 수 있고, 우기 때는 소금 사막에 물이 차 있는 모습을 볼 수 있다. 물이 찬 곳에서 반영 사진을 찍으면 예쁘게 나오기에 우기 때를 더 선호하는 사람도 있다. 난 소금 사막의 두 가지의 매력적인 모습을 다 볼 수 있었다. 우유니 소금 사막은 그 자체로 찬란했다.

우리는 물이 차 있는 소금 사막에 가서 해가 지기를 하염없이 기다렸다. 아직 해가 지기 전이라 반영이 예쁘게 나오지 않는다는 이유에서였다. 초짜인 우리들은 영문도 모르고 차 안에서 꼼짝없이 몇 시간을 있었다. 조금 지루하기도 했지만, 워낙 싹싹하고 예쁜 친구들 덕분에 많은 이야기를 나누며 앞으로 할 여행에 대한 정보에 대해서도 들었다. 한 친구는 멕시코에서 오래 살아 스페인어가 자유자재로 가능했다. 어린 친구들의 애교 섞인 말에 엄마도 행복한 듯 보였다. 엄마와 함께 다니면서 느낀 점은 오히려 어린 친구들이 엄마와 친구가 되어주고 잘 챙겨 준다는 것이다.

드디어 해가 떨어지기 시작했고, 이제 좀 예쁜 사진을 찍을 수 있을 거 같다며 우린 모두 차에서 내렸다. 미리 준비해 놓은 장화를 신고, 가이드는 미리 준비해 놓은 의자들을 꺼내기 시작한다. '무슨 대단한 사진을 찍겠다고 이렇게까지 해야 하지?'라는 생각도 잠깐 했다. 그리고 우린 가이드의 리드를 따라 여러 가지 포즈로 사진을 찍기 시작했다. 건기의 우유니 사막은 꽤 추웠다. 나는 완전무장을 하고 갔는데, 예쁜 사진을 찍겠다고 온 젊은 20대의 처자들은 배꼽티에 핫팬츠를 입고 추위를 두려워하지 않았다. 오직 예쁜 사진을 건지겠다는 일념이었다. 여러 가지 포즈로 단체 사진을 찍었는데, 찍는 순간은 정말 재미있었다. 생각지도 못했던 이벤트였고 친구들의 배려에 엄마도 꽤 즐거워 보였다. 난도가 높은 포즈도 엄마는 곧잘 따라 하셨다. 무채색인 나의 옷에 비해 오색찬란한 엄마의 의상은 사진이 더욱 생기 있었다. 화려한 색감의 엄마 옷이 이렇게 빛을 발할 줄이야……. 엄마는 투명하고도 찬란한 소금 사막을 본 것만으로도 너무나 큰 행운이라 하셨다.

난 그 뒤에 밤에 별을 볼 수 있는 '스타 라이트 투어'와 '선 라이즈 투어'를 또 했다. 이건 순전히 사진을 찍기 위한 여정이었다. 두 번째 투어에서는 스페인과 미국에서 여행 온 남성 여행자 두 명과 동행했는데 이들은 우리처럼 단체 사진에 크게 메리트를 못 느끼는 듯 보였다. 자신의 눈에 담고, 풍경만 카메라에 담을 뿐이었다.

문화의 차이일까? 개인적인 성향의 차이일까? 개인의 취향이라고 하자. 하지만 분명한 건 예쁜 사진을 남기기 위해 사진을 찍는 것에만 치중해서 그 공간에서 온전히 느낄 수 있는 것들을 포기하지 않았으면 한다. 살아있는 세포들을 깨워 온몸의 감각으로 그 장소를 기억할 수 있게.

딸　우유니 사막 투어 재미있으셨죠?

엄마　진짜 최고였어. 어디서 이런 자연의 신비를 봐! 소금이 육각형으로 수정같이 빛나는데 진짜 이쁘더라니까! 아까 볼일 볼 때 아주 자세히 봤지! 내가 딸 아니었으면 어떻게 이런 경험을 하겠어. 진짜 평생 못 잊을 거 같아.

　그나저나 내가 만약에 볼일 본다고 말을 안 했으면 예쁜 처자들이 말도 못 하고 얼마나 끙끙거리고 있었을 거야! 볼일 보고 싶다고 말도 못 하고!

딸　어쨌거나 엄마의 빨간 바지가 압권이었어요.

엄마　하하하하하! 내가 제일 좋아하는 바진데 인기 짱이었구만?

○

엄마가 _____

_____ 활기를 띨 때

_____ 언어 장벽으로 인해 평소 입을 굳게 다물고 있는 엄마가 유독 활기를 띨 때가 있다. 그건 바로 한국 어르신들을 만났을 때다. 다른 때는 엄마에게 저런 모습이 있었나 생각할 정도로 차분하고 여성스러운 모습인데, 저 때만큼은 다시 호탕한 엄마로 돌아간다.

우유니에서 볼리비아 수도인 라파스La Paz까지는 비행기로 한 시간 거리다. 우리는 이른 아침에 비행기를 탔다. 그리고 민박집 사장님께서 공항으로 픽업을 나와 주셨다. 엄마는 사장님과 대화를 나누면서 한국에서의 엄마 모습으로 돌아왔다. 사장님께서는 엄마의 연세를 물으며 이내 덧붙이신다.

서먹한 엄마와 거친 남미로 떠났다

민박집을 하면서 남미 여행을 하는 많은 사람들을 만났지만 이제껏 만난 사람들 중에 엄마가 최고령이라 했다.

'어딜 가나 엄마는 최고를 자랑한다니까!'

아무 거리낌 없이 말할 수 있는 모국어가 있다는 것. 그리고 그 언어로 사람들과 대화를 하면서 공감을 할 수 있다는 건 대단한 축복이다. 한국에서만 있을 때는 모를 것이다. 그게 당연한 일이니까. 하지만 엄마는 이미 다른 언어를 쓰면서 대화가 통하지 않아 소통이 안 되었을 때의 불편함을 겪어 보고, 소통을 할 수 있다는 게 얼마나 큰 기쁨이고 감사할 일인지 알고 계셨다.

볼리비아의 수도 라파스는 움푹 패인 큰 그릇 안에 집들이 담겨 있는 것 같은 모습이었다. 공항에서 도심으로 가는데 계속 내리막길이다. 공항이 얼마나 높은 곳에 자리 잡고 있었는지 새삼 느껴졌다. 도시 지형 자체가 신기했다. 사장님께서는 라파스가 이런 지형이기 때문에 습도가 높지 않고, 바람도 잘 불어 항상 쾌적하다고 말씀하셨다.

사장님께서는 어렸을 때 일찍이 이곳으로 이민을 와서 살

고 있는데, 이곳에서의 삶이 좋다고 하셨다. 자녀들 모두 이곳에서 나고 자랐는데 지금은 한국이 좋다며 한국에 가서 산다고 했다. 그러고 보면 내가 어떤 나라에 태어났다고 해서 그 나라에서만 계속 살아야 된다는 법칙은 없다고 생각한다. 자신과 맞는 나라를 찾아서 살면 되는 거고. 결국 인생은 자신에게 살기 적합한 환경을 찾아 떠나는 모험이 아닐까 한다.

평생을 주어진 환경에서 살 수도 있고
아니면 그 환경을 찾다가 못 찾을 수도 있고
정말 나에게 딱 맞는 환경을 찾아서 살 수도 있고⋯⋯.

내가 자라왔던 문화와 다른 문화를 접하면서, 다른 사람들을 보면서 느끼는 건 결국 자신의 뜻대로 살아가게 된다는 것이다.

굽이굽이 있는 길들을 지나면서 대화를 하다 보니 우리는 어느덧 정원이 딸린 사장님의 집에 도착했다. 2층 방에 짐을 푸는데 느낌이 너무 좋다. 쾌적한 방 안, 통유리 창문으로 비치는 햇살이 마음까지 뽀송뽀송하게 만들어준다. 예전에 여행을 할 때는 잠자리의 중요성을 몰랐다. 더 많은 것을 보기 위해, 더 많은 것을 하기 위해 숙소에 돈을 아꼈다. 하지만 이제는 숙소의 중요성을 느낀다. 잠시를 머물더라도 내가 기분이 좋아지는, 나의 기분을 좋게 하는 그런 장소는 분명 존재한다. 그리고 그런 장소에 있을 때 기분도 좋아지고, 여행이 더 즐거워질 수 있다.

어떤 여행자들은 라파스가 별로 볼 게 없고, 위험한 도시라고 해서 그냥 지나치기도 한다. 하지만 난 생각이 다르다. 움푹 패어 있는 이 도시의 숨결을 가만히 느끼고 있는 것도 좋았다. 우리는 라파스 시내에 나가서 시내를 돌아보기도 하고, 전망대에 가서 라파스 전체 모습을 감상하기도 했다. 그리고 근처에 있는, 칠레의 아타카마와는 다른 느낌의 또 다른 달의 계곡에도 다녀왔다.

해발 3,600미터가 넘는 고지에 움푹 패인 지형으로 위치한 라파스에서 가장 특색 있었던 풍경은 바로 '케이블카'였다. 이곳에서의 케이블카는 여행자를 위한 즐길 거리가 아니라 매일 출퇴근하며 일상을 사는 사람들의 교통수단이다. 우

서먹한 엄마와 거친 남미로 떠났다

리와 다른 독특한 교통수단이 매우 신기했다.

라파스 도심의 야경을 즐길만한 방법으로 케이블카만 한 것이 없다기에 저녁 식사 후에 같이 식사한 여행자들과 함께 케이블카를 타러 나갔다. 케이블카를 타고 꼭대기까지 올라가는 도중 중간중간 정거장에서 하루 일과를 마치고 케이블카에 오르는 사람들과 마주쳤다. 그들에게서는 노곤함이 묻어났다. 여행지에서 풍경을 보기 위해 케이블카를 탄다는 고정관념이 확 깨지는 순간이다.

누군가가 라파스의 야경이 자신이 여행했던 곳 중 최고였다고 말했다. 그 말이 이해될 만큼 라파스의 야경은 멋있었다.

대부분 짧은 기간으로 온 한국 여행자들은 페루의 마추픽추 Machu Picchu와 볼리비아의 우유니 사막만 다녀가기도 한다. 우리와 같은 방향보다는 반대편인 페루에서 시작하는 여행자들을 많이 만날 수 있었는데, 이미 우리가 다녀온 곳에 대한 정보를 줄 수 있어 기뻤다.

무엇보다 라파스는 민박집 사모님의 요리 솜씨 덕분에 아

서먹한 엄마와 거친 남미로 떠났다

침저녁이 너무나도 행복했다. 지금쯤이면 한국 음식이 마구마구 그리워질 때다 보니 그 기쁨이 더했다. 그리고 이곳은 하루만 거쳐 가는 여행자들이 유독 많았다. 우리는 이곳에 2박 3일을 머물렀는데 아침저녁 식사 시간마다 마주하는 친구들이 달라졌다. 이곳에서는 유독 세계 여행을 하는 젊은 신혼부부들을 많이 만났다. 예전엔 나도 신혼여행을 배낭여행으로 가면 의미 있겠다 생각했었는데 지금은 생각이 많이 달라졌다. 신혼여행은 편하게 쉬고 오자는 주의로 변했다.

어느 날은 서로를 언니, 동생이라 부르는 여성 두 분과 함께 식사를 하게 되었다. 어려 보였는데 30대가 훨씬 넘었다고 했다. 그런데 대화를 하는 도중, 내가 우려했던 말이 엄마의 입에서 나오고 말았다.

"시집을 가야지."

내 얼굴이 다 화끈거렸다. 제발 그 말만은 하지 않길 바랐는데……. 게다가 엄마 옆에는 아직 시집 안 간 딸도 있지 않은가! 그런데 이 친구들이 센스 있게 받아친다.

"그 말 듣기 싫어서 여기까지 여행 왔는데, 여기서도 시집
가라는 말을 듣네요."

자식들을 생각하는 마음에 어르신들은 참 불편한 얘기를
하실 때가 있다. 때론 나이대별로 해야 하는 일들을 숙제처
럼 정해두고 하지 않을 때는 뭔가 잘못된 것처럼 말하기도
한다. 하지만 인생에 정답이란 것은 없는 것이고, 굳이 같은
모양으로 살아야 하는 법은 없기에 이제는 상대방을 불편하
게 하는 말들은 굳이 하지 않음이 어떨까.

엄마가 활기를 띨 때는, 나도 모르게 참 조심스러워진다.

서먹한 엄마와 거친 남미로 떠났다

딸 비행기에서 열심히 바깥을 보시던데요.

엄마 고산 지대라 그런지 비행기가 진짜 낮게 나는 것 같았어. 바깥으로 우유니 사막이 전체적으로 펼쳐지는데 지루할 틈이 없더라니까! 산 위에 소금 사막이 넓게 펼쳐져 있다는 게 너무 신기하지 않아?

딸 진짜 신기했어요. 소금 사막을 위에서 전체적으로 보니 또 다른 느낌이었죠.
엄마 생각해서 일부러 민박집에 픽업 요청했어요. 타지에서 사시는 한국 어르신들 만나면 어떤 생각이 들어요?

엄마 대단하다는 생각이 들지. 어떻게 여기까지 왔냐고 물어봤잖아. 전쟁을 겪고 부산으로 피난을 갔다가, 브라질까지 와서 자리 잡아야지 생각했는데 볼리비아에서 자리를 잡고 살고 계신다고 했어. 신기함 그 자체지. 외삼촌한테도 물어봤잖아. 어떻게 여기까지 알고 왔냐고. 어떻게 그렇게까지 멀리 갔나.

딸 그리고 제발, 만나는 친구들한테 시집가라는 말 좀 하지 마세요.

엄마 나도 난감했어. 엄마 마음으로 엄마들이 못 하는 말을 대신해 준 건데 뭐.

딸 정말 그건 아니에요. 그리고 자신만의 인생들이 있는 건데.

엄마 알았어. 조심할게.

볼리비아

○

최상의 시간 vs _____

_____ 최악의 순간

_____ 라파스에서 북서쪽으로 4시간 거리에 있는 코파카바나Copacabana에 가기로 결정을 한 건 탁월한 선택이었다. 다른 무엇보다 산 중턱에 지중해식으로 지어진 숙소가 제일 맘에 들었다. 나무로 장작을 땔 수도 있고, 소품 하나하나에도 아기자기함이 가득했다. 게다가 전망은 끝내줬다. 통유리로 된 창문 앞에 있는 해먹에 누워서 코파카바나 호수를 바라다보고 있으면 세상 부러울 게 없었다. 이제껏 여행하면서 숙소 때문에 100%의 행복을 느껴보는 건 처음이었다. 그런데 이 숙소를 만나기 전까지 난 얼마나 헤맸는지 모른다.

서먹한 엄마와 거친 남미로 떠났다

행복은 자그마한 것에서부터
찾아나가는 것

코파카바나는 당일에 가도 숙소를 구하기가 어렵지 않을 거라는 이야기를 듣고 마음을 놓고 있었다. 우리는 점심이 지나서 천천히 출발을 했고, 코파카바나에 도착한 시간은 저녁 6시였다. 그런데 당연히 방이 있을 거라고 굳게 믿고 간 숙소에서 방이 없다는 답변을 들었다. 내가 놓친 것이 하나 있었다면 오늘은 공휴일이었고, 코파카바나는 볼리비아 사람들에게도 휴양지로 유명한 곳이라는 점이다. 믿었던 도끼에 발등을 찍히는 기분이란 이런 것일까. 머릿속이 하얗게 변했다.

난 엄마께 만실이라고 말한 호텔의 로비에 잠시 앉아 계시라고 말을 하고 숙소 찾기에 나섰다. 바깥은 어둠이 짙게 내리고 있었다. 땀을 뻘뻘 흘리며 주변 숙소를 샅샅이 살피기 시작했고, 열 군데 정도 돌아다닌 끝에 우리의 거처를 찾았다.

"방이 딱 하나 남았네요."

남은 방이 딱 하나라니! 우리를 위해 예비해 놓은 방이 틀림없었다. "올레!"를 외치지 않을 수 없었던 순간이다. 사장님은 숙소를 찾느라 초췌해진 나의 모습을 보더니, 그리고 엄마가 다른 숙소에서 기다리고 있다는 이야기를 듣고 택시

서먹한 엄마와 거친 남미로 떠났다

를 불러주셨다. 그렇게 다시 가서 만난 엄마의 얼굴은 하얗게 질려 있었다.

"엄마 무슨 일 있었어요?"

"급해 죽겠는데 화장실도 못 가고……."

"빨리 갔다 와요."

가방을 잔뜩 맡겨놓고 갔던 터였다. 가방을 신경 쓰지 않는 순간 훔쳐 가는 도둑들이 많다는 것은 엄마도 익히 들어 알고 있다. 그런 엄마는 아무리 화장실이 급해도 가방을 두고 갔다 올 수가 없었던 것이다. 화장실은 바로 10미터 앞에 있었는데……. 그렇게 엄마는 얼굴이 하얗게 질려 갔고, 내가 돌아오지 않으니 걱정되는 마음 또한 들었던 것이다. 나는 이곳저곳 다니느라 몰랐는데 시간을 보니 거의 한 시간 반이 훌쩍 넘어 있었다.

"아이고! 정말 참느라 혼났겠네요. 엄마!"

당연한 것을 당연한 것으로 받아들이지 않을 때 감사함이 넘친다. 당연히 쉽게 구할 줄 알았던 숙소를 어렵게 구하고 나니 모든 것이 감사했다.

코파카바나는 트루차trucha(송어) 요리가 유명하다. 호숫가에 늘어선 포장마차는 꼭 한국을 연상시킨다. 포장마차 중에서 도 12번 포장마차가 한국인들에게 가장 유명하다. 나의 계획은 여유롭게 짐을 풀고 저녁으로 송어 요리를 먹는 것이었는데 그 계획은 물거품이 되었다. 전망이 좋은 숙소는 산 중턱에 위치해 내려오는 것이 쉽지 않았다. 그래서 숙소에 있는 레스토랑에서 식사를 하고 짐을 풀었다. 내일 일정을 위한 결정이기도 했다. 배를 타고 한 시간 정도 들어가는 태양의 섬 투어를 신청했기 때문이다.

다음 날, 우린 아침 일찍 호숫가로 나섰다. 길게 늘어선 줄을 따라 섰다. 이 사람들은 다 태양의 섬에 가는 사람들이다. 배를 타고 호숫가를 가로질러 우리는 태양의 섬에 도착했고 트레킹을 시작했다. 원래 태양의 섬 트레킹은 북쪽으로 가서 트레킹을 2시간 정도 하고 남쪽으로 와서 배를 타고 돌아오는 일정인데, 우리가 갔을 때는 한쪽이 공사 중이었다. 그래서 우리는 그렇게까지 길게 트레킹을 하지 못하고 같은 장소로 돌아와서 배를 탔다. 하지만 태양의 섬 중턱에서 본 호수

  서먹한 엄마와 거친 남미로 떠났다

의 풍경은 아름답고 청명했다. 고도가 높아서 그 정도의 트
레킹에 만족했다. 내려오는 길에는 꼬마 아이가 감자튀김을
팔길래 감자튀김을 사 먹고 배 출발 시각까지 기다렸다.

문제는 돌아가는 배에서 시작됐다. 엄마의 낯빛이 점점 안
좋아지는 것이었다. 엄마는 계속 배가 아프다고 했다. 고산
병의 일종인가 했는데, 마을에서 아까 요기한다고 조금 먹은
감자튀김이 문제였나보다. 화장실도 없는 조그만 배였기에
엄마보고 참아보라고 했는데, 엄마는 못 참겠다고 했다. 금
방이라도 무슨 일이 일어날 것만 같았다. 나는 어쩔 수 없이

배 뒤에 있는 현지인에게 사정을 설명하고 물어봤다. 그랬더니 아무렇지도 않게 배 뒤로 앉아서 호숫가에 버리면 된단다. 엄마는 그렇게라도 하겠다고 해서, 난 두르고 있던 머플러를 펼쳐 엄마를 위한 임시 화장실을 만들었다.

잠시 후 엄마의 낯빛이 환해졌다. 최악의 순간이 최상의 시간으로 변했다. 하지만 육지에 돌아와서도 뭔지 모를 거북함이 계속되어 엄마는 트루차를 못 먹겠다고 하셨다. 그렇다고 나만 먹을 수는 없는 노릇. 아무래도 고산병의 일종일 수도 있단 생각을 해본다. 그로 인해 우린 코파카바나에서 예정에도 없는 1박을 더 연장했다. 트루차를 못 먹고 갈 수는 없으니까. 우리가 있던 숙소는 예약이 되어 있어서 부득이하게 옆집으로 옮겨야 했다. 그런데 옆집이 더 환상적이었다. 그저 숙소에 앉아서 바깥만 보고 있어도 힐링이 되는 통유리 창문의 숙소였다. 뭘 하지 않고 가만히 있는 것만으로도 충만했던 최상의 순간! 그리고 다음 날 먹은 트루차는 꿀맛이었다.

서먹한 엄마와 거친 남미로 떠났다

엄마와 딸의 시시콜콜 남미 뒷이야기

딸	아까 배에서 난감하셨죠?
엄마	황당하고 보이는 게 없었지. 체면도 다 저당잡혔어. 그리고 볼일 보고 나니까 화장실 들어갈 때와 나올 때 마음이 다르다는 걸 알 거 같았어. 왜 그런 속담이 나왔는지.
딸	아까 산에서 아이들이 파는 감자튀김 먹고 그런 거 같아요.
엄마	응. 그런 거 같아. 그런데 애들이 관광객들 보고 먹고살려고 뭐 팔고 그러는 거 보면서 엄마 어릴 때 가난했던 시절이 생각났어.
딸	엄마도 어렸을 때 뭐 팔고 그랬어요?
엄마	아니. 그러진 않았는데 우리나라가 잘살게 돼서 감사할 뿐이지. 그래도 어린아이들이 나와서 일하는 거 보면 안쓰러워.
딸	그러니까요! 아무 생각 없이 뛰어놀아야 될 나이인데.

페루

페루까지 와서 마추픽추를 _____

_____ 못 간다고?

_____ 티티카카Titicaca호를 품고 있는 또 다른 도시에 도착을 했다. 푸노Puno 는 분명 그냥 지나쳐도 되는 도시였다. 하지만 우린 시간을 끌어야 했다. 마추픽추로 가는 교통편이 있는 도시 쿠스코Cuzco에서 대규모 집회가 열리고 있었기 때문이다. 교사들의 임금이 몇십 년째 동결이었는데 임금 인상 투쟁을 한다고 했다. 그런데 왜 하필 이때냐고! 그들은 파업을 하면서 마추픽추로 가는 기차선로까지 뜯었다고 한다.

잉카 문명의 흔적인 마추픽추를 가기 위해서는 기차를 이용하는 것이 좋다. 물론 옛 잉카인처럼 걸어서 올라갈 수도 있겠지만 그러면 3박 4일이 걸린다. 기차선로를 뜯었을 당시

서먹한 엄마와 거친 남미로 떠났다

마추픽추에서 내려오는 기차를 기다리고 있던 사람들은 몇 시간 동안 갇혀 있다가 결국은 걸어서 내려오는 것을 선택한 사람도 있었다. 이쯤 되면 쿠스코로 가는 길이 두려울 수밖에 없다. 그래서 코파카바나에서 바로 쿠스코로 가지 않고 볼리비아와 페루의 국경에 인접한 도시인 푸노에서 상황을 좀 더 지켜보기로 했다.

엄마는 내내 걱정하는 나에게 괜찮을 거라며 다독여 주었다. 사람은 참 상대적인 것 역시 같다. 여행을 하면서 어떤 어려움이 와도 특유의 낙관성을 잃지 않는 나였다. 그리고 옆에 있는 사람을 다독이는 것 역시 항상 나였다. 그런데 엄마와 여행하면서는 나의 다른 모습이 보였다. 조그만 일에도 온갖 불만을 가지고 투정하며 예민하게 반응하고 걱정하는 내가 되어 있었다. 나도 나의 이런 모습이 낯설었다. 아무래도 옆에 엄마가 있어서 그런 것 같다. 엄마라는 존재만으로 무장 해제되어 내가 가지고 있던 본 모습이 거침없이 튀어나오는 것이다. 엄마니까 다 받아줄 거라는 전제가 있어서일까. 그러면 엄마도 짜증이 날 법도 한데, 엄마는 그 모습까지도 품으며 다독이고 격려해 주셨다. 계속해서 놓이는 낯선 환경들에 긴장되는 건 나보다 엄마일 텐데……. 엄마도 짜증나고 걱정될 텐데 자신이 약해지면 안 되니까 마음속에 있는 말들을 다 표현하지 못할 수도 있겠다는 생각이 들었다. 어쩌면 나의 예민함이 엄마에게 들켜 버린 줄도 몰랐다. 그래서 엄마가 더 나를 배려하고 있는 걸지도…….

여행은 이렇게 몰랐던 자신의 모습을 알게 하고 상대방을 이해하게 만든다. 일상적인 삶 속에서는 이렇게 세세하게 서로에 대해 알 기회가 많지 않다. 서로 각자의 삶을 살아내느라 바쁘니까. 서로 공감할 수 있는 공통적인 사건이 많이 없으니까. 그런데 여행에서 일어나는 일들은 공감할 수밖에 없는 하나의 사건이 된다. 그리고 그 사건들은 지나고 나면 둘만의 추억이 된다. 그리고 다른 사람들은 이해하지 못하는 둘만의 언어가 되기도 한다. 엄마와 소통할 수 있는 언어를 지금 만들고 있다는 생각이 든다. 그리고 지금이라도 만들어 갈 수 있어 참 다행이다.

쿠스코에 대한 걱정은 계속 몰려왔지만, 일단은 지금 있는 이 도시에 충실해야겠다는 생각이 들었다. 티티카카호를 품

서먹한 엄마와 거친 남미로 떠났다

여행은 몰랐던 자신의 모습을 알게 하고 상대방을 이해하게 만든다.

고 있는 고즈넉한 도시 푸노도 해발 4,000미터의 고지대에 있었다. 푸노에서 보트로 20여 분 떨어진 곳에 가면 40여 개 이상의 섬들이 있고, 그곳에선 사람들이 군락을 이루어 생활하고 있다고 했다. 그중에서 우로스Uros섬은 티티카카호에서 자생하는 갈대인 토토라totora를 엮어 만든 인공섬이라고 한다. 잉카 시절 핍박을 받던 소수민족이 핍박을 피해 티티카카호에서 토토라로 만든 배를 타고 생활하던 것이 기원이 되었다고 한다. 귀가 솔깃해지지 않을 수 없었다. 그렇게 우린 우로스섬 투어를 나섰다.

같은 티티카카호지만 볼리비아와 페루는 정말 다른 느낌이었다. 볼리비아의 호수가 청명하고 맑은 느낌이었다면, 페루는 조금 탁한 느낌이다. 아무래도 갈대들이 있어서일 수도 있고, 사람들이 물 위에서 살고 있어서일 수도 있다. 우리가 탄 배는 그렇게 갈대 토토라로 만들어진 집에 도착했다. 우로스섬 사람들은 전통 의상을 입고 우릴 맞아주었다. 우리는 그들의 언어를 따라 해보기도 하고 집에 대한 설명도 들었다.

서먹한 엄마와 거친 남미로 떠났다

약 600미터 두께의 토토라로 엮어 만든 바닥 면은 아래쪽이 썩어서 떨어져 나가도 위쪽을 새 토토라로 덮기 때문에 계속 유지될 수 있다고 한다. 우리는 모든 환경을 토토라로 만들어 생활하는 그들의 집을 둘러보았다. 내 입장에서 보았을 땐 그들의 삶이 신기하면서도 불편해 보이는데, 그들은 그런 느낌조차 갖지 않을 것이다. 그들은 자신의 일상을 관광 상품으로 만들어 돈으로 바꾸는 생활을 하고 있었다. 일상이 돈이 되는 삶? 이로 인해 그들의 삶은 윤택해졌을까? 아니면 오히려 불편해졌을까? 궁금했다.

초등학교도 물 위에 토토라로 만든 곳에 있었다. 하지만 중학교, 고등학교는 없어서 어느 정도 크면 매일 배를 타고 육지로 나가 학교를 다닌다고 했다. 주어진 환경에 따라 사람들의 살아가는 모양과 방식은 너무나도 달랐다. 하지만 어떤 삶이든 내가 그들이 되어 그 삶을 살아보지 않는 한 쉽게 평가할 수는 없을 것이다. 행복이란 수치를 잴 수 없는 것처럼. 그냥 인정하고 아름답게 바라봐주는 것이 최선일 뿐.

서먹한 엄마와 거친 남미로 떠났다

우로스섬 투어를 마치고 다시 육지로 돌아왔다. 쿠스코로 향하는 버스를 예매해야 하는데 걱정부터 앞선다. 계속해서 쿠스코에선 불안한 소식들만 들려왔다. 더 큰 집회가 며칠 사이로 있을 거라는 등의 이야기들 말이다. 그렇다고 해서 마냥 이곳에 머무를 수는 없었다. 어쨌든 우리는 움직여야만 한다. 우리가 지금 이 순간 할 수 있는 건? 그저 기도를 하는 것뿐이다. 기도의 힘으로 시위가 일어나지 않게 말이다. 과연 우리는 마추픽추를 볼 수 있을까?

딸 우로스섬 어땠어요? 난 너무 관광화된 거 같아서 씁쓸한 마음도 들었는데…….

엄마 이 세상에 이런 곳이 있었다니 놀랍기만 했지. 물 위에서 사람이 살다니 신기 그 자체였어. 아이부터 어른까지 휴대폰 속에서 사는 이 시대에 문명이라는 것을 몰라도 있는 모습 그대로 살아가는 모습이 대단했어. 어쨌든 이 사람들은 갈대로 공예품을 만들어 자신들의 삶을 살고 있는 거잖아. 문명이 발달한 곳에서 사는 것이 전부가 아닐 수도 있겠구나 싶었어. 사람들은 어떻게든 다 살아가는 거야. 나름대로 행복한 얼굴을 하고 말이야.

○

한 번만 더 받으면 ————

———— 날아갈지도 몰라

———— 작은 마을 푸노에서 우리는 쿠스코로 향하는 버스를 탔다. 버스는 잘 달리는 듯하더니 멈춰서 움직이지 않았다. 잠시 후, 밖에 있는 사람들이 창문에 락카로 글씨를 쓰기 시작한다. 갑자기 무서웠다. 앞을 보니 사람들이 큰 바위들로 도로를 막고 있었다. 그렇다. 바로 우린 시위 현장에 와 있는 것이다.

'만약 저 사람들이 창문을 깨고 우리를 위협하면 어쩌지?'

온갖 상상을 하며 마음을 졸였다. 위기 상황에 맞닥뜨렸을 땐 어떻게 행동해야 할지도 미리 생각해 두었다. 그러나 다행히 그런 일은 일어나지 않았다. 다만 버스 안에서는 사람들이 숨죽이고 있었고, 버스 기사와 직원들만 분주할 뿐이었다. 일주일 전부터 그렇게 겁을 먹었던 쿠스코행! 막상 닥친 현실 앞에서 조금은 겁도 났지만, 어쨌든 혼자가 아니라는 사실에 안도했다. 도로 곳곳이 어지럽게 놓여있는 바위들은 시위 중이라는 증거였고, 버스는 그 바위들을 요리조리 피해 달렸다. 그리고 드디어 우린 쿠스코에 도착했다. 원래 걸려야 하는 시간의 두 배나 걸렸지만 말이다.

다른 곳에서 온 여행자들의 이야기를 들어보니 더했으면 더했지 덜한 사람이 없다. 12시간 걸려서 와야 할 거리를 24시간 만에 온 사연부터 시작해서 마추픽추를 올라갔다가 내려오는 기차선로가 끊겨서 밤새 걸어서 쿠스코까지 왔다고 하는 사람들, 다음 목적지로 향하는 비행기를 놓쳐 다시 숙소로 돌아왔다는 사연 등에 비하면 우리 이야기는 아주 귀여운 편에 속했다. 숙소는 이런저런 사연을 가진 사람들의 이야기로 왁자지껄했고 분주했다. 무엇보다 젊은 대학생 친구들이 많았다. 이젠 대학생 친구들을 보면 엄마 미소가 지어진다.

하루는 이동하느라 시간을 다 보내서 아무것도 할 수가 없었다. 숙소에서 삼삼오오 모인 오래 있던 여행자들이 정보를

서먹한 엄마와 거친 남미로 떠났다

준다. 쿠스코에서는 마사지를 받아야 한다는 것이다. 왜 쿠스코에서 마사지가 유명해졌을까 궁금하기도 했지만, 중요한 건 아주 저렴한 값에 마사지를 받을 수 있다는 것이었다. 마사지 홀릭인 엄마와 내가 이 황홀한 기회를 놓칠 수가 없겠지? 쿠스코 메인 광장을 기점으로 마사지 숍이 많다고 했고, 특별히 추천해 주는 곳을 메모해 두었다.

옛 잉카제국의 사람들은 쿠스코를 세상의 중심이라 생각했다고 한다. 그래서 도시 이름도 당시 언어였던 케추아Quechuas 어로 '배꼽'이란 뜻이라고. 쿠스코 메인 광장에 가보니 과거에 진짜 번성했을 것 같다. 도시는 웅장하기도 했고 아기자기하기도 했다. 도시 곳곳을 걸어 다니는 재미가 쏠쏠한 곳이 바로 쿠스코였다. 이 도시는 특유의 매력으로 많은 여행자들의 발길을 잡아둔다. 세계 7대 불가사의에 등재된 마추픽추 유적을 보기 위해서는 쿠스코를 반드시 들러야 하는데, 꼭 그 목적이 아니고서도 그 자체로 매력이 넘치는 도시다. 그리 크지 않아 하루면 돌아보기 충분한 곳이지만 느낌이 좋아서 며칠 더 있으면서 돌아보고 싶은 곳이다.

마추픽추는 개인적으로 기차를 이용해서 갈 수 있지만, 엄마를 생각한다는 명목하에(계속해서 이렇게 말하고 있지만, 사실은 나도 편하게 가고 싶다.) 좀 비싸더라도 투어 상품을 이용하기로 했다. 여행사에서는 우리들을 위한 맞춤 마추픽추 상품을 권했다. 가이드가 있는 개인차를 타고 근처 유적지를 둘러본 다음에 마추픽추를 갈 수 있는 마을 아구아스 칼리엔테Aguas Caliente에 가서 하룻밤 자고 다음 날 새벽에 마추픽추를 보고 내려오는 투어 상품이다.

그런데 우리가 마추픽추를 가기로 한 날짜에 대규모 시위가 있을 거라는 흉흉한 소식이 들려왔고, 여행사 직원들도 장담은 못하겠다고 한다. 소문으로만 끝날지 아니면 진짜 대규모 시위를 할지 짐작할 수 없어 혼란스러웠다. 대규모 시위가 일어나면 우린 여기까지 와서 마추픽추에 가지 못할 수도 있는 상황이다. 그래도 배팅을 하련다. 일단 우리는 여행사에서 마추픽추로 가는 일정을 예약했다. 마추픽추 가는 일정 하루 전에는 나 혼자 일명 '무지개 산'이라고 하는 '비니쿤카Vinicunca'에 트레킹을 다녀오기로 했다. 해발 4,000미터에서 5,000미터까지 올라가는 일정이다.

서먹한 엄마와 거친 남미로 떠났다

우리는 모든 일정을 예약하고 쿠스코 메인 광장에 있는 마사지 숍으로 향했다. 메인 광장의 불빛이 하나둘씩 켜지자 낮과는 또 다른 느낌이다. 쿠스코에서의 모든 일정을 예약하고, 남미 여행에서 절대 빠질 수 없는 마추픽추 가는 길까지 예약을 했으니 우리는 이제 편안하게 마사지를 받으면 되는 것이다. 일행과 함께 각자 마사지를 받으며 여기까지 오면서 걱정으로 가득했던 지난날들을 떠올려 봤다. 당장은 마사지로 그 고단함이 풀리는 듯했다.

1시간의 마사지 후, 엄마는 아픈 무릎이 싹 나은 것 같다고 했다. 마사지를 해준 분께 완전 반해서 감탄에 감탄을 멈추지 않으셨다. 그러면서 덧붙인다.

"한 번만 더 받으면 나 완전히 나아서 날아갈 것 같아."

이 말인즉슨 계속해서 마사지를 받겠다는 말씀? 우린 쿠스코에 있는 내내 마사지를 받기로 했다. '행복을 느끼는 거 참 별거 아닌데'라는 생각을 해본다. 아픈 곳을 만져 주거나 가려운 곳을 긁어주거나……

이러나저러나 쿠스코의 마사지와 야경은 정말 황홀했다.

서먹한 엄마와 거친 남미로 떠났다

딸　드디어 쿠스코에 왔습니다. 쿠스코에 입성한 소감은요?

엄마　이 나라에도 데모가 있구나. 우리나라만 있는 줄 알았더니. 이 나라는 나무를 잘라놓고 돌멩이를 가로막네. 우리나라는 최루탄을 쏘는데. 교사들이라도 돈 앞에는 어쩔 수가 없구나. 그런데 관광객의 입장에서 피해를 보니 좀 밉긴 했지.

딸　쿠스코 한인 민박집에서도 재미있으셨죠? 저 혼자 비니쿤카에 투어 갔을 때 뭐하셨어요?

엄마　민박집은 정신없긴 했지만 재미있었지. 민박집 주인은 나보다 열 살 정도 어렸는데, 언니랑 삼천만 원을 들고 세계 여행을 다니다 이곳 '쿠스코'가 너무 좋아 머무르고 있는 중이라고 했어. 네가 산에 갔을 땐 여대생과 함께 시장 구경을 했어. 시장에서 손짓 발짓 다하면서 가격을 협상하는 걸 보는데 너무 귀엽고 웃음이 나더라.

딸　제가 없어야 엄마가 사람들도 더 많이 만나고 즐겁게 지내시는 것 같아요! 이제 걱정하지 않아도 되겠어요.

○

이제 _____

_____ 여한이 없다

_____ 일주일 전부터 걱정이 휘몰아쳤던 마추픽추 가는 길! 오늘부터 대규모 시위가 열려 마추픽추에 못 갈 수도 있다는 소식을 들었다. 하지만 상황을 살피면서 어떻게든 가보려고 한다. 현지인과 함께 가는 것이기에 그리 무섭진 않았다. 게다가 우리에겐 동행자 한 명이 더 있었다. 대구에서 온 발랄한 친구 현희! 멕시코에서 어학연수를 마치고 한국으로 돌아가기 전에 여행을 하는 중이라고 했다. 이제는 20대 친구들을 보는 것만으로도 싱그러움이 느껴진다.

우린 1박 2일의 여정이다. 마추픽추를 가기 위해선 아구아스 칼리엔테라는 마을로 가야 한다. 여행사에서 예약한 투어

서먹한 엄마와 거친 남미로 떠났다

상품은 주변에 있는 유적지 세 곳을 방문하고 저녁에 아구아스 칼리엔테에 도착해서, 다음 날 새벽 일찍 마추픽추로 올라가는 코스다. 낮에 가는 것보다는 아침에 가서 구름이 걷히는 모습을 봐야 한다고 했다. 이미 사진으로 많이 본 터라 어떻게 다가올지 모르지만, 어쨌든 우리의 오늘 과제는 아구아스 칼리엔테까지 안전하게 가는 것이다.

마추픽추를 향해 가는 길에 있는 잉카 문명의 유적지와 작은 마을들을 돌아본다. 이름하여 '성스러운 계곡'이다. 잉카제국 시절 거대한 신전이 있었던 친체로Chinchero, 그리고 3,000미터의 고산에 만들어진 약 600년 정도 된 전통 방식의 염전 살리네라스Salineras, 계단식 원형 경작지 모라이Moray를 거쳐 올란타이탐보Ollantaytambo까지 간다. 올란타이탐보는 차량으로 이동할 수 있는 계곡의 마지막 마을이자 마추픽추로 가는 기차역이 있는 곳이다. 오늘 우리의 목적지 올란타이탐보까지 안전하게 가면 된다. 그리고 기차를 타고 이동하는 일정이다.

올란타이탐보로 이동하기 전, 우리의 차량을 운전하던 가이드는 전화 통화를 하더니 라디오를 크게 튼다. 아무래도

서먹한 엄마와 거친 남미로 떠났다

신비로움 그 자체인 마추픽추

대규모 시위가 시작된 모양이었다. 가이드의 표정은 어두워지더니 아무래도 오늘 못 갈 수도 있다고 한다. 우리의 표정 또한 어두워진다. 어떻게 여기까지 왔는데, 여기서 돌아가라고? 가이드는 잠시 침울해하더니 곧 마음을 바꾼다. 어떻게든 한번 가보자고 한다. 마음이 쿵쾅쿵쾅 방망이질 치기 시작했다. 여기까지 와서 남미 여행의 숙제와도 같은 마추픽추를 못 간다고 하면 얼마나 억울할까? 마추픽추를 오기 위해 다음에 다시 페루를 와야 하는 건가? 오만가지 생각이 내 머릿속을 점령하기 시작했다.

마지막 관문이었다. 어떻게 가더라도 우리는 올란타이탐보까지 무사히 가기만 하면 된다. 설마 거기서부터 기차선로를 뜯진 않았겠지. 가는 길에 무서우리만큼 도로를 점령하고 있는 바위들이 보인다. 차들은 도로 곳곳에 있는 바위들을 요리조리 피해 가고 있었다. 비록 좁은 길이지만 지나갈 수는 있었다. 두려움을 느끼긴 했지만, 천천히 도로를 지나 마침내 올란타이탐보까지 무사히 도착했다. 우리는 환호했다. 끝까지 포기하지 않고 돌아가지 않은 가이드에게 정말 고마웠다.

서먹한 엄마와 거친 남미로 떠났다

이제 기차를 타고 아구아스 칼리엔테까지 가면 된다. 그러면 마추픽추를 오를 수 있다. 그간 했던 걱정과는 반대로 일사천리로 오게 되었다. 우리는 한국에서 온 어떤 신혼부부를 만났는데, 그들은 일찍 출발해서 도로 위를 점령한 돌들을 치우면서 왔다고 했다. 우리는 그들이 치워 놓은 돌들을 비켜 가면서 온 것이다. 이야기를 들으며 또 한 가지 깨닫는다. 일어나지 않은 일에 대해 걱정하면서 살지 말자고 말이다.

우리의 마음을 아는 듯, 아구아스 칼리엔테 마을에서는 밤새 축제가 한창이었다. 밤늦게까지 사람들의 거리 행진은 계속됐다. 예전 같았으면 흥겨운 축제 현장으로 달려 나가 현지인들과 함께 즐겼을 텐데, 우리는 내일의 일정 때문에 그럴 수 없었다.

마추픽추 가는 버스를 타기 위해선 새벽 일찍 나가야 한다고 했다. 새벽 5시 30분부터 버스가 다니니 그즈음 나가면 되겠지 생각해서 시간 맞춰 나갔다. 그런데 깜짝 놀랄 광경이 펼쳐졌다. 이미 마추픽추로 향하는 버스를 타러 나온 사람들의 줄이 끝도 보이지 않았기 때문이다. 대체 이 사람들은 몇 시에 와서 줄을 선 것인가? 일찍 나왔다고 생각했던

우리도 일찍 나온 게 아니었다. 하지만 다행히도 버스가 수시로 다녀 줄은 금방 줄어들었다. 그리고 꼬불꼬불 산길을 올라가 산꼭대기 마추픽추로 들어가는 입구에서도 줄을 서서 기다리다가 드디어 마추픽추에 입성할 수 있었다.

마추픽추는 옛 잉카인들이 몇 날 며칠을 걸어 식민 지배자들의 눈을 피해 드나들던 곳이다. 스페인 군대를 피하려고 지어진 요새, 스페인 군대에 복수하기 위해 은밀히 군사훈련을 하던 곳, 홍수 같은 자연재해 때 대피하기 위해 만들어진 도시 등 아직도 마추픽추 유적을 건설한 목적은 수수께끼로 남아 있다. 하지만 정말 은밀한 도시임에는 틀림없었다. 아래에서 보면 수풀만 우거진 산 위에 보란 듯이 숨어 있기 때문이다. 2,400미터의 험준한 봉우리 위에 완벽한 마을이 있을 것이라고 아무도 상상하지 못했을 것이다.

이미 사진으로 많이 봐서 별거 없을 거라고 생각했던 나의 예상은 완전히 빗나갔다. 마추픽추는 살아있는 역사적인 흔적 자체였고, 무엇보다 그 시절에 이렇게 꼼꼼하고 정교한 건물을 지을 수 있었다는 사실이 놀랍기만 했다. 잉카 시절

의 완벽한 도시가 그대로 보존되어 있었다. 많은 여행자들이 일출을 보려고 새벽부터 올라왔고, 오후 늦게까지 내려갈 줄을 몰랐다. 엄마도 마추픽추 안에서는 꽤 잘 걸어 다니셨다. 이곳에 오자 걱정 많고, 탈도 많았던 '마추픽추'라는 곳에 왔다는 안도감이 제일 컸다. 이제 그 어떤 것을 한다 해도 여한이 없을 것 같다.

마추픽추, 정말 더할 나위가 없었다.

서먹한 엄마와 거친 남미로 떠났다

딸   전 이제야 마음을 놓을 거 같아요. 남미 여행 이제 다 한 거 같아요. 드디어 마추픽추에 왔답니다. 기분이 어떠세요?

엄마   말로는 설명이 안 되지. 아래에서는 아무것도 보이지 않았는데 위에서 보니 너무나도 신기했어. 구름이 이 산, 저 산 마실을 다니는 것도 그림 같았지. 이곳에 오기 전까지 마추픽추라는 말을 들어보지도 못했는데 이 땅에 발을 딛고 서 있는 것 자체가 기적이야. 그리고 전 세계인들이 여길 보겠다고 줄을 서서 기다리는 모습도 장관이었어.

○

버스가 없으면? _____

_____ 비행기를!

_____ 페루 남부 지방에서 7도 정도의 지진이 발생했다고 한다. 사람들의 말에 따르면 건물이 잠깐 흔들리는 걸 느꼈다고 했지만, 다행히 그렇게 큰 지진 피해는 없어 보였다. 우리가 쿠스코에서 다음으로 갈 곳이 페루 남부 지방인 아레키파Arequipa였기에 관심이 더 가고 신경이 쓰였다. 하지만 이미 우리는 버스를 예약해 놓은 상태였고, 내가 생각한 앞으로의 동선상 아레키파는 꼭 가야 했다. 쿠스코에서 아레키파까지는 버스를 타고 10시간을 가야 한다. 우린 한숨 자고 나면 도착할 수 있게 밤에 출발하는 야간 버스를 선택했다.

서먹한 엄마와 거친 남미로 떠났다

쿠스코에서는 1주일 동안 머물렀는데, 우리가 출발하기 전날 저녁에 숙소에서 삼겹살 파티가 있었다. 마치 우리의 환송 파티 같이 느껴졌다. 그날은 유독 민박집이 시끄러웠다. 무엇보다 마추픽추를 갔다가 쿠스코 교사들 파업으로 인해 기차를 타지 못하고 1박 2일 동안 걸어와야 했던 장본인들을 만났다. 말로만 듣던 시위의 현장을 온몸으로 경험했던 학생들이었다. 그 경험담을 듣고 있으니 너무나 생생해서 나도 현장에 있었던 것만 같았다. 꼬박 1박 2일을 걸어야 했던 경험은 당시는 힘들었지만, 시간이 흐른 뒤에는 잊지 못할 추억이 되어 있을 거다. 그리고 그 힘으로 인생을 멋지게 개척해나갈 것이라는 강한 확신이 들었다.

민박집 사장님께서는 숙박업을 하면서 한국 대학생들을 많이 만나는데 그 학생들로 인해 한국 미래가 밝을 수밖에 없다고 말씀하셨다. 특히나 남학생들이 참 멋지다고 했다. 나 또한 학생들을 보면서 엄마 미소가 지어지는데 사장님은 오죽할까 싶었다. 민박집 사장님이 자리를 비웠을 때, 엄마는 사장님 대신 청소를 하거나 다른 여행자들을 맞기도 했다.

여행자 신분으로 또 다른 여행자를 맞이하면서 그들의 이야기를 듣는 것 또한 엄마에겐 값진 경험이 되었을 것이다.

여행자에게는 만남과 이별이 숙명이다. 이것들이 당연함에도 불구하고 이별에 대한 아쉬움이 크게 느껴질 때가 있다. 그만큼 마음을 많이 주고, 정이 많이 들었기 때문일 것이다. 오랜 시간 있었던 쿠스코가 그랬다. 나는 쿠스코를 떠나는 발걸음이 왠지 쓸쓸하게 느껴졌다. 누군가와 함께여도 이정도인데, 혼자 여행을 다녔다면 그 쓸쓸함을 어떻게 견뎠을지 쓸쓸함의 무게에 대해 다시 한번 생각해 본다.

쓸쓸함에 대해 생각하며 온갖 상념에 젖다가 잠이 들었나 보다. 깨어보니 아침이었다. 버스는 180도 젖힐 수 있어 편안하게 잠을 자면서 갈 수 있었다. 우리는 아레키파 버스 터미널에 도착했다. 여기 아레키파에서 나스카Nazca를 건너뛰고 이카(Ica)에 가기로 계획을 세웠기 때문에 버스를 미리 예약하려고 했다. 그런데 며칠 전에 있었던 지진으로 인해 산사태가 나서 이카로 가는 도로가 막혔다고 한다. 복구 중이긴 한데 장담할 수 없다는 말에 난감했다. 육지로는 갈 수 없는 것

  서먹한 엄마와 거친 남미로 떠났다

이다. 그렇다고 언제 복구될지 모르는 도로를 하염없이 기다릴 수도 없는 노릇이었다. 쿠스코로 다시 돌아가야 하나 생각하고 있던 차에 일단 숙소로 먼저 가서 쉬기로 했다. 선택의 여지가 없었다.

숙소 직원은 정말 친절했다. 이제는 사람 인상만 봐도 어떤 사람인지 알 것 같다. 그만큼 연륜이 쌓인 것일 거다. 우선 아레키파에 오면 제일 하고 싶었던 콜카캐니언Colca Canyon 투어를 신청했다. 세계에서 가장 깊은 협곡 중 하나에 속하는 콜카캐니언을 하루 코스로 다녀오는 것이다. 신청을 하면서 산사태로 버스가 다니지 않아 어떻게 하냐고 한탄을 했더니 숙소 매니저는 아주 가볍게 말한다.

"그럼 비행기를 타세요!"

머리를 한 방 맞은 느낌이었다. 왜 비행기를 생각하지 못했을까? 오직 한 가지 방법만 보고 골몰하면 머리가 닫힌 상태가 된다. 그 닫혀 있는 상태로 난 계속 스트레스를 받았던 것이다. 매니저의 한 마디에 걱정이 씻은 듯이 날아간 난 바로

한 방향으로만 생각하다보면, 길을 찾기 어려울 수 있어.

리마Lima로 가는 비행기를 예약했다.

아레키파 도시 자체는 품격이 있었다. 스페인 침략 당시에 가장 부유했던 도시답게, 지금은 그게 과거일지라도 여유가 있어 보였다. 관광지로서 특별하게 볼거리는 없어도 하얗고 아담하고 정갈한 느낌이었다.

다음날 우리는 새벽부터 나가서 콜카캐니언 투어를 하고 왔다. 깊은 협곡에 날아다니는 콘도르를 보고, 화산 마을에 있는 온천에서 몸도 담그고, 몇십 년 전에 화산으로 인해 폐허가 되기도 한 마을을 돌아봤다. 투어를 마치고 숙소로 돌아오자 주인아저씨가 바비큐 파티를 한다고 우리를 초대했다. 배고팠던 차에 좋은 소식이었다. 숙소에 있는 사람들이 하나둘씩 모이기 시작했다. 그런데 진짜 여기엔 한국 사람들이 없었다. 내 앞에는 네덜란드에서 온 두 명의 20대 청년이 앉아 있었다. 우리는 이야기꽃을 피웠다. 젊은 서양 친구들(특히 남자)하고 이야기를 할 때 나는 뭔지 모를 에너지를 얻는다. 그리고 목소리에 활기가 돈다. 그들은 콜카캐니언 투어 3박 4일을 걸어서 다녀왔다고 했다. 역시 젊기에 할 수 있는 도

전이다. 나는 그들에게 대단하다면서 칭찬을 해주었다. 그런데 그들은 나한테 더 대단하다고 한다.

"어떻게 여행을 엄마랑 둘이 다녀? 그것만큼 대단한 건 없는 거야!"

"그러게 말이야. 그런데 그거 칭찬 맞는 거지?"

위기가 있어 보이지만, 어쩌면 다 행운으로 바뀌는 남미 여행이 이제 중반 정도 온 것 같다. 나는 내가 언제나 행운이 뒤따른다고 생각했는데, 어쩌면 엄마의 기도가 가져오는 행운일지도 모른다는 생각이 든다. 엄마는 한국 사람들이 없으면 어쩔 수 없이 말수가 줄어든다. 그런데 나는 그런 엄마가 귀엽다. 한국에서는 호랑이처럼 강하고 억세게 보였는데, 엄마의 이런 모습은 소녀 같기도 하고 천사 같기도 하다.

서먹한 엄마와 거친 남미로 떠났다

딸   콜카캐니언 투어 소감은요?

엄마   우리가 중간에 산과 없어진 마을을 갔었지? 도시였던 곳이 지진으로 인해 흔적도 없어졌다는 게 믿어지지 않았지 일단. 옛날에는 사람들이 많이 살았던 곳인데 산골이 되어 있는 게 가슴 아프기도 하고. 그리고 협곡에 새를 보러 갔었지? 새 이름이 뭐였지?

딸   콘도르요.

엄마   새가 올라올 때마다 사람들이 환호성을 지르는 풍경이 더 재미있었어.

딸   좀 피곤했지만 그래도 만족했던 콜카캐니언 투어였네요. 그리고 바비큐 파티는 정말 좋았어요. 또 우리가 행운이 많다는 걸 확인시켜줬죠. 엄마의 기도발인가?

엄마   그러니까. 우리나라에만 이런 정이 있는 줄 알았는데. 공짜라 더 좋았지. 그리고 외국 청년들과 재미있게 대화를 나누는 딸을 보니 참 똑똑하다는 생각이 들었어. 집에서는 미처 몰랐는데.

딸   제가 좀 똑똑하죠. 누구 딸인데.

○

타지에서 처음 맞는 _____

_____ 엄마 생신

_____ 아레키파에서 리마로 가기 위해 우리는 새벽 일찍 나와야 했다. 아직 해가 뜨지 않은 미명의 시간. 공항에 금방 도착을 했는데 아직 직원들이 출근 전이었다. 한쪽에 앉아 기다리고 있으니 직원들이 한둘씩 와서 문을 연다. 우리는 티켓팅을 하고 비행기 타는 시간까지 기다렸다. 아레키파에서 리마까지는 비행기로 한 시간 거리다. 이제 좀 비행기를 탔구나 생각이 드는 순간 목적지에 도착했다. 버스를 탔다면 하루를 소비해야 했을 텐데 비행기 타기를 잘했다는 생각이 들었다.

사람이 한 가지만을 몰두해서 생각하다 보면 다른 가능성

서먹한 엄마와 거친 남미로 떠났다

을 보지 못할 때가 많다. 그러다 전혀 방법이 없는 것 같을 때 집중하던 생각들을 다 놓는 순간이 온다. 그때 어떤 방법으로든 해결책을 찾을 때가 있다. 그게 바로 마음을 비울 때 얻어지는 것들이 아닐까 싶다. 삶에서 집중과 이완이 조화되어야 할 이유인 것이다.

페루 리마에서의 여정이 시작되었다. 역시나 난 숙소로 한인 민박을 선택했다. 공항에서 숙소로 가는 길의 날씨가 꽤 흐리다. 도착하니 숙소 매니저가 리마는 항상 이런 날씨라고 한다. 날씨에 따라 기분이 좌지우지하는 나이기도 한데 내가 있는 동안은 조금이라도 맑은 날이 있었으면 하는 바람을 가져 본다.

아레키파에서 버스가 있었다면 이카를 거쳐 리마로 왔을 것이다. 이카는 사막 버기 투어가 유명한 곳이다. 버기라고 하는 차를 타고 하는 투어인데 TV 프로그램에서 많이 소개되었다. 도심에서 멀지 않은 곳에 사막이 있다는 것도 신기했는데, 그 가운데 오아시스가 있는 풍경 사진을 많이 봤던 터라 너무나도 궁금했다. 일주일 동안 엄마는 리마에 계실

거고 난 리마를 거점으로 남쪽에 있는 이카와 북쪽에 있는
우아라스Huaraz(트레킹을 할 수 있는 곳)를 다녀올 것이다.

리마 숙소에 도착한 엄마가 조용히 말씀하신다.

"나 오늘 생일이야."

아뿔싸! 엄마의 생신은 음력이라 매번 날짜가 달라지니 정확
하게 알 수 없을 때가 많았다. 가족이 모여야 하니 매번 생신
당일보다는 그즈음의 주말에 모인 경우가 많았기 때문이기
도 하다.

생각해 보니 엄마가 한국이 아닌 타지에서 생신을 맞는 건
엄마 생애 최초가 아닐까 싶었다. 생신인데 아무거나 먹을
순 없고. 페루에서 가장 유명한 음식이 뭘까 생각해보았다.
바로 '세비체ceviche'다. 세비체는 해산물을 얇게 잘라 레몬즙
이나 라임즙에 재운 후 먹는 중남미 지역의 대표적인 음식이
다. 페루는 한류와 난류가 교차하는 곳으로 해산물이 풍부하
고 값이 싸다는 특징이 있다. 무엇보다 엄마와 나는 해산물
을 좋아한다.

서먹한 엄마와 거친 남미로 떠났다

마침 숙소에 있던 매니저님께서 유명한 세비체 집을 추천해
줘서 그곳으로 갔다. 진짜 유명한 곳은 유명한 곳인지 기다
리는 사람들이 많았다. 적어도 한 시간 이상은 기다려야 할
것 같았다. 다른 데 갈까 했지만 오늘은 특별한 날이기에 그
시간을 기다려 식사를 하는 것도 의미가 있다는 생각이 들었
다. 그래서 대기자 명단에 이름을 적어놓고 주변 산책을 다
녀왔다. 조금만 걸어가니 바다가 보였고, 거기서 서핑을 즐
기는 사람들도 보였다. 날씨만 우울할 뿐이었다.

다시 레스토랑으로 가서 기다리다가 우리는 테이블에 앉
을 수 있었다. 엄마의 특별한 생신 파티가 시작된 것이다. 20

대까지만 해도 생일이 마냥 신나고 좋았는데 언제부터인지 의미를 부여하지 않게 된 것 같다. 특별해야 할 날에 쓸쓸함이 더 생기는 건 기대감이 너무 커서이지 않을까 한다. 그 특별한 기대감으로 생일을 맞이하다가 지나면 또 허무해졌기 때문이다. 그래서 생각했다. 어떤 특별한 날에 대한 기대감보다는 매일이 특별한 날인 것처럼 살자고 말이다. 엄마는 생신 때 무슨 마음이실지는 모르겠다.

지금은 그 모든 생각을 접고 우리 앞에 놓여있는 음식들에 대한 맛을 음미해야 할 때다. 엄마는 자칫 입에 맞지 않을 수도 있기에 조심스럽게 맛을 보셨다. 그러더니 계속 드신다.

"뭔가 특이한데 맛있어."

엄마가 맛을 음미하면서 맛있다고 하니 기분이 좋았다. 타국에서 맞는 엄마의 생신 파티는 이로써 나름 성공한 것 같다. 엄마도 다음 생신을 맞을 때 지금 이 순간이 평생 기억나겠지. 평생 기억할 수 있는 추억이 많이 쌓인다는 건 정말 행복한 일이다. 지금 난 엄마의 그 풍성한 추억에 일부가 되고 있고. 그동안 떨어져 있어서 다 알지 못했던 엄마의 모습을 새롭게 알게 되고 이해하게 된다. 그리고 그동안 내 삶을 산

서먹한 엄마와 거친 남미로 떠났다

다고 하지 못했던 엄마에게 효도를 하는 듯해서 조금은 뿌듯하다.

어쩌면 우리가 당연하게 생각하면서 살았던 것들이 당연하지 않을 수도 있다는 생각이 들었다. 한국 음식과 문화가 우리에겐 당연했지만 여기서는 그렇지 않다. 만약에 우리가 남미에서 태어났다면 남미 문화가 당연했을 것이다. 그렇기에 모든 것들을 속단할 수 없다. 나에게 당연하다고 생각되는 일이라도 다른 사람에게 강요하면 그건 폭력이 될 수도 있기에 항상 조심해야겠다는 생각도 했다. 난 이런 감정인데 엄마는 무슨 생각을 하고 계실지 문득 궁금해졌다.

딸   낯선 땅에서 생신을 맞은 소감은요?

엄마 60년을 넘게 살면서 한국이란 나라가 아닌 곳에서 생일을 맞
       는 건 처음인 거 같아. 그리고 지금 이 순간은 앞으로 살면서
       영원히 기억될 순간이고. 새롭네.

딸   세비체라는 건 처음 드셨죠? 어떠셨어요?

엄마 뭐라고 말로 표현할 수 없어. 그래서 사람들이 이렇게 줄을
       서서 기다렸다가 먹는구나. 설명할 수 없는 특유의 맛에 매료
       되었다는 생각밖에는 할 수 없었어.

○

오아시스에서 _____

_____ 스트레스를

_____ 난 어떤 선택에 앞서 굉장히 고심하는 편이다. 뭔가를 선택하는 것이 나에겐 굉장히 어렵다. 어쩌면 어떤 선택을 하든 상관이 없어서 그럴 수도 있고, 그렇기에 배려심이 생겼을 수도 있다. 선택이란 건 어느 하나 확실한 쪽이 있어야 할 수 있으니까. 그리고 난 그걸 맞춰줄 수 있으니 말이다.

어렸을 때 난 내가 질문을 하면 엄마가 선택을 내려줄 줄 알았다. 하지만 엄마는 언제나 어떤 선택의 문제 앞에서 고민하는 나에게 "기도해"라는 말만 하셨다. 그땐 엄마가 좀 야속하게 느껴졌다. 언제나 선택의 문제 앞에 결정은 나의 몫이었고, 엄마한테 말해봤자 해답이 안 나온다는 것을 안 나는 내 스스로 선택을 하기 시작했다. 그렇게 그나마 했던 엄마와의 대화가 점차 줄어갔다. 내 대화의 주된 주제는 어떤 사건의 나열이 아니라, 해결법을 찾기 위함이나 미래에 대한 의견을 듣는 것이 컸기 때문이다.

점점 일상을 공유하는 수다가 많아지는 엄마와 딸의 관계가 아니라 필요한 말만 하는 관계가 되어 갔기에 나는 엄마와의 여행이 조금은 부담이 되었었다. 24시간 내내 붙어서 다녀야 할 텐데 난 엄마한테 그렇게 할 말이 많지 않았기 때문이다. 그런데 또 오히려 그랬기에 괜찮았다는 생각이 든다. 크게 싸우거나 또 금방 화해하거나 하는 극적인 에피소드는 없어도, 그 안에서 나름대로 서로를 배려하며 여행을 잘 꾸려가고 있었다.

그런데 오늘은 그렇게 다녔던 엄마와 일주일 동안 떨어지는 날이다. 혼자 여행을 다닐 때는 몰랐던 감정들. 함께 다니다 혼자가 되면 오히려 쓸쓸함이 배가 되는 것 같다. 이카로 가는 길에 대부분의 여행자들이 가족 단위였기에 이런 생각이 더 커졌는지도 모른다. 엄마가 잘 계실지 걱정이 조금 됐지만 한인 민박이라 문제는 없을 것 같다. 적어도 말은 통하니까 말이다. 그리고 은근 괜찮은 젊은 친구들이 엄마를 챙겨주기도 한다. 새로운 사람들을 만나서 이야기하는 것도 엄마에게 좋은 추억이 될 테니까.

이카로 가는 그날이 바로 페루 독립기념일이자 주말이었다. 가뜩이나 페루 사람들에게도 휴양지로 유명한 이카인데, 황금연휴로 인해 사람들이 더 많이 몰렸다. 버스표를 사는 것도 힘들었을뿐더러 평상시의 배가 되는 요금을 지불했지만 버스는 느릿느릿하게 움직였다. 숙소 찾기도 쉽진 않았다. 하지만 나의 기대감은 사그라들지 않았다. 어디에서나 이런 극성수기에 움직이려면 이 정도는 감수해야 하는 법이고, 사막 속에 오아시스가 있는 이카의 와카치나Huacachina는 정말 와 보고 싶은 곳이기도 했으니까.

이런저런 생각을 하며 창밖을 보고 있는데, 황토색의 풍경만 보이기 시작했다. 도심 속에 사막이 있는 게 신기할 따름이었다. 그리고 곧 이카 터미널에 도착했다. 이카 터미널에서 오아시스 마을인 와카치나를 가기 위해 모터바이크를 이

용했다. 한국이란 나라에 관심이 많은 청년이 운전을 해주면서 나중에 한국에 꼭 한번 와보고 싶다고 했다. 그런데 아니나 다를까, 와카치나로 향하는 차들의 행렬이 길게 늘어서 있었다. 마치 어떤 군단이 특정 장소를 향하여 행군하는 것만 같았다. 성수기 중에서도 극성수기였다.

청년은 미리 예약해 놓은 호스텔 앞까지 친절하게 데려다주었다. 호스텔에 들어온 나는, 혼자라는 사실에 모든 게 낯설었다. 짐도 풀지 않은 채 멍하게 있다가 바로 사막으로 버기 투어를 가기로 했다.

내가 예약한 호스텔은 서양 친구들이 많이 찾는다는 곳이었고, 안에는 수영장까지 있어서 여유를 부리기에도 좋은 환경이었다. 특히 시간별로 버기 투어를 할 수 있어 좋았다. 나는 버기카를 타고 스피드를 느끼며 사막의 언덕 위를 달렸다. 흡사 롤러코스터를 타는 것처럼 시원하고 짜릿했다. 그리고 마지막 언덕에서는 버기카에서 내려 샌드 보드를 탔다. 보드를 하나씩 잡고 초를 칠하고 엎드려서 사막에서 슬라이딩을 했다. 처음엔 무서웠는데, 한번 타보니 긴장했던 게 무색해질 정도로 너무 신나고 재미있었다. 생각보다 안전하기

도 했고. 원래는 두 시간 코스였지만 극성수기라 투어는 1시
간 만에 속성으로 끝이 났다. 아쉬움을 간직한 채 사막 위에
서 오아시스를 내려다보며 일몰을 감상했다. 정말 신기한 마
을이었다.

　젊은 친구들을 위한 호스텔답게 저녁에는 바비큐 파티가
있었다. 저녁 먹으러 어디 나가는 것도 좀 귀찮아서 일단 신

청을 하고, 그곳에 온 한국 가족들과 함께 식사를 했다. 여기에서는 가족 단위 여행객을 많이 만났다. 예전에 여행할 때는 세계 각지에서 온 여행자들과 스스럼없이 이야기하며 잘 어울렸는데, 요즘 아니 남미 여행에서는 그게 잘 되질 않는다. 더욱 신기한 현상은 미국이나 유럽 등을 여행할 때는 한국 여행자들이 서로 모른 척하면서 다니기 일쑤인데, 남미에선 유독 *끈끈한* 여행자 동지애가 발동한다는 거다. 한국 사람들끼리 오히려 잘 뭉쳐 다닌다. 영어가 아닌 스페인어를 쓰는 환경 때문에 그런 것일까? 다른 여행지보다 조금은 위험하다는 느낌이 강해서일까?

아직도 풀리지 않는 의문을 뒤로 하고 저녁을 먹으면서 내가 묵을 방을 쳐다보았다. 그리고 우리 방으로 들어가는 건장한 남자 여행자 둘을 보았다. 처음에 내가 이곳에 도착했을 때 배정받은 곳은 남녀 혼용 4인실이었다. 6인실보다는 낫겠다 싶어서 4인실을 선택했고, 대충 하루만 자고 아침 일찍 일어나서 나갈 것이기에 괜찮다고 생각했다. 방에 처음 도착했을 때는 독일에서 온 여자 친구 한 명만 있었다. 버기 투어를 마치고 돌아갔을 때만 해도 다른 여행자들이 오지 않아 우리 둘만 방을 쓰게 되는 거 아니냐며 좋아했다. 그런데 아니었던 것이다. 역시 이런 극성수기에 방이 남을 리는 없었다. 식사를 마치고 방 친구들과 인사를 했다. 늦게 도착한 남자 둘은 콜롬비아에서 온 청년들이었고, 인사를 하니 살사 춤으로 화답을 한다. 끼가 많은 친구라는 생각이 들었다.

이미 바비큐 파티를 하면서 친해진 독일 여자와 콜롬비아 두 남자는 사막에 올라간다고 했다. 시간을 보니 밤 11시였고, 이들은 같이 가자고 했지만 난 가고 싶지가 않았다. 내일 일찍 나서야 되기도 하고, 그날은 기분이 그냥 그랬다. 그리고 난 혼자 잠이 들었다. 그런데 문제는 그 뒤에 일어났다. 한참 자고 있는데 불이 켜지고 시끄러운 소리가 들렸다. 술이 거나하게 취해서 온 세 명의 여행자들. 난 잠시 잠에서 깬 틈에 화장실을 다녀왔다. 그 사이 방의 불은 꺼져 있었다. 그런데 한 침대가 비어 있었다. '어디 갔지?' 생각하며 내 침대로 가다가 바로 코 앞인 침대를 보니 두 사람이 포개져 있었다. 그 침대와 내 침대 사이의 거리는 1미터였다.

오 마이 갓! 거기까지는 괜찮다고 치자. 19금의 소리가 들리기 시작한다. 그리고 침대가 흔들린다. 내 침대 위에 2층을

서먹한 엄마와 거친 남미로 떠났다

쓰는 친구는 계속 낄낄거린다. 이때 내가 할 수 있는 건 과연 무엇일까? 소리라도 치고 싶다. 하지만 나는 침대 위에 얼어붙어 아무 소리도 못 내고 있다. 마치 가위가 눌린 것처럼. 나는 더 이상 잠을 잘 수 없었다. 뜬눈으로 침대에 얼어붙어 생생하게 들리는 거친 숨소리를 들어야만 했다. 귀를 막고 싶었지만 그럴 수도 없었다. 나의 스트레스 지수는 최대치에 달했다.

한참을 기다리다 동이 틀 무렵, 난 도망 나오듯 방에서 나왔다. 그리고 서둘러 엄마가 계신 리마로 다시 돌아왔다. 이런 일이 있으면 미주알고주알 수다를 떨어야 하는 나인데 엄마한테는 차마 이런 얘기를 할 수는 없었다. 이상하게도 과거에 하지 못한 일들에 대한 아쉬움과 후회는 뒤늦게 올라온다.

'왜 시원하게 욕을 하지 못했을까?'
'이불을 들춰 보고 올 걸 그랬나?'

그저 상상만으로 복수를 해본다.

아쉬움과 후회는 왜 뒤늦게 올라오는 걸까

엄마와 딸의 시시콜콜 남미 뒷이야기

엄마	사막은 어땠어?
딸	버기 투어가 재미있었는데……. 다른 건 좀……. 엄마는요?
엄마	난 잘 있었지.
딸	그런데 난 바로 또 다른 데로 가네요. 괜찮으시죠?
엄마	응 괜찮아.
딸	뭐 재미있는 일 없었어요?
엄마	여기서 일하는 청년과 이야기를 했는데 여행 왔다가 여기서 일하는 거라 하대! 한국에서는 아버지가 빨리 들어오라고 난리인데 들어가기가 싫어서 최대한 버티는 중이래. 왜 그러냐고 그랬더니 한국에 가면 아버지가 소개한 여자와 결혼해야 한대. 일면식도 없는 여자에게 선물을 받고, 연락은 하고 있대. 그런데 결혼 생각은 없대. 그래서 내가 말해줬지. 싫더라도 결혼은 꼭 하라고!
딸	으~ 엄마! 내가 그렇게 전에 말을 했건만.

○

더 이상 20대의 _____

_____ 체력이 아니다

_____ "히말라야 베이스캠프도 다녀왔던 사람이야,
내가!"

호랑이 담배 피우던 시절의 일들을 곱씹으며 아직도 내가 청
춘인 것처럼 착각하고 있었다. 10년이 훌쩍 지난 일을 가지
고 말이다. 그때도 물론 고산병으로 고생을 했다. 3,000미터
이상 넘어갈 때 호흡이 가빠지고, 두통이 왔다. 열을 뺏기면
안 된다고 일주일 동안 머리도 감지 못하고 모자를 눌러쓰고
버티던 시절이었다. 고산에 적응을 하면서 조금씩 올라가서,
결국 해발 5,200미터에 위치한 에베레스트 베이스캠프에 도

서먹한 엄마와 거친 남미로 떠났다

착을 했다. 그때의 희열감은 이루 말할 수 없다.

　가끔 그때 가졌던 그 체력을 믿고 과신하며 무리를 했다가 큰코다치기도 했다. 바로 지금 또 난 그러고 있었다. 정말 인간은 망각의 동물인가 보다. 우아라스의 69호수를 향해 트레킹을 하면서 말이다. 트레킹을 좋아하고, 잘한다고 생각했는데 세월의 흐름 앞에 떨어진 나의 체력은 어쩔 수 없는 것인지 올라가면 올라갈수록 호흡이 심하게 가빠지며 한 걸음, 한 걸음을 내딛기가 힘들었다.

사실 69호수가 힘들다고 해서 전날 체력을 다진다고 파스토루리Pastoruri 빙하 트레킹을 했다. 2시간 정도 걸어 올라갔다가 빙하를 보고 두 시간 정도 내려오는 코스였다. 총 합쳐 4시간으로 그리 힘들지 않은 트레킹이었다고 하는데…….
나는 그것도 무지하게 힘들었다. 버스에서 내 옆자리에 앉았던 영국 친구 숀과 함께 걸었는데, 정말 20대의 체력을 따라갈 수가 없었다. 나는 숀에게 말했다.

　"나는 힘들어서 천천히 갈 테니까, 넌 너의 속도대로 가도록 해."

그렇지만 숀은 나를 끝까지 챙겨주었다. 다음 날 69호수 가는 길에 숀을 만났는데, 어제 트레킹을 했다는 사실이 믿어지지 않을 정도로 숀은 자신의 페이스대로 아주 가뿐하다 못해 날고 있었다.

숀은 아주 발랄한 20대 초반의 영국 청년이다. 여러 방면에 관심도 많고, 굉장히 똑똑한 것처럼 보였다. 자신이 좋아하는 단어는 '나비'라고 했다. 그래서 여행을 하면서 세계 각지에서 온 사람들을 만나면 그 나라 언어로 '나비'를 뭐라고 하는지 물어보고 그 단어를 다 적어두었다. 내가 본 것만 해도 40개 정도 되었던 것 같다. 거기에 한국어까지 추가되었다. 나를 만남으로……

숀은 나에게 물었다. 파트너가 있냐고! 보통은 남자 친구가 있냐고 물어볼 텐데, 숀은 파트너라고 했다. 그러더니 이내 자신은 남자 친구가 있다고 하면서 사진을 보여준다. 남자 친구는 미국인이라고 한다. 지금은 떨어져 있지만, 곧 만날 거란다. 버스에서 내내 난 그들의 러브 스토리를 들어야만 했다.

**새하얀 설산과 푸르고 선명한 호수,
눈이 부시도록 아름다운 이 순간.**

69호수를 전혀 힘들지 않게 가는 숀을 보면서 다시 한번 나의 현주소를 생각하게 됐다. 성경에서 본 '마음은 원(願)이로되 육신이 받쳐주지 않는다'는 말이 생각이 났다. 69호수는 왜 69호수일까, 뭔가 우리가 모르는 사연이 있는 걸까 생각하고 있었는데 같이 간 가이드가 나의 상상력에 찬물을 끼얹었다. 오래전에 페루에 큰 지진이 있었다고 한다. 그 이후에 복구 작업을 하면서 호수들을 찾아서 숫자를 매겼는데, 이 호수는 69번째로 찾은 호수인 것이다. 그래서 69호수라고 불린다고 했다.

69호수는 4,600미터에 위치하고 있다. 가쁜 숨을 몰아쉬며 한 발, 한 발 걷고 있는데 벌써 올라갔다가 내려오는 사람들도 눈에 띈다. 여기까지 왔는데 포기할 수 없다며 내 페이스대로 올랐다. 그리고 드디어 69호수와 마주했다.

안데스산맥의 끝자락에 있는 눈이 흘러내려 와 에메랄드빛 호수를 형성했다. 환상 그 자체였다. 산봉우리 위에 얼어 있던 빙하들이 떨어지며 녹는 소리도 들렸다. 웅장했다. 내 인생에서 손에 꼽히는 극한의 체험이었지만, 호수를 바라보는 순간만큼은 온갖 시름이 달아나는 듯했다. 하얀 설산과 푸르고 선명한 호수를 바라보는 것 자체가 힐링이었다. 그 경험으로 한국에 돌아가면 꼭 꾸준히 등산을 하면서 체력을 단련하겠다는 다짐을 해본다. 하지만 잘 안 되리란 것도 난 알고 있다. 어쨌든 이로써 남미에서 'must to do(꼭 해야 할 일)'에 해당하는 것들은 다 해본 것 같다. 이제 여한이 없다는 말은 이럴 때 쓰는 것일까.

우아라스 마을로 다시 돌아온 후 저녁 식사를 하기 위해 호스텔 근처에 있는 치킨집에 갔다. 와이파이를 켜자마자 메시지들이 쉴 틈 없이 들어온다. 메시지에 답을 하면서, 정말 해야 할 일들을 처리하기도 했다. 그사이 잘 구워진 통닭 한 마리가 내 앞에 나왔다. 그리고 순간, 난 깜짝 놀랐다. 포크로 닭을 찍는다고 생각했는데 손에 들려져 있던 건 볼펜이었고, 그 볼펜으로 통닭 중앙을 찍어 내리고 있었기 때문이다. 정신이 혼미해지면서, 나에게 놀랐다. 이내 난 놀란 가슴을 쓸어내리며 나 자신에게 말했다.

"괜찮아. 그냥 고산병의 일종일 뿐이야."

서먹한 엄마와 거친 남미로 떠났다

지금은 더 이상 20대의 체력과 정신이 아닌 나에게 인정하고 토닥여줘야 할 때이다.

괜찮다. 괜찮다. 괜찮다.
나 정말 괜찮은 거 맞겠지? 갑자기 엄마가 보고 싶다.

엄마와 딸의 시시콜콜 남미 뒷이야기

딸   제가 없는 일주일 동안 잘 지내셨어요?

엄마   그럼, 잘 지냈지! 한국어를 쓸 수 있는데!

책꽂이에 두꺼운 책이 꽂혀 있길래 일주일 동안 다 읽었어. 《아마존》이란 책이었는데 덕분에 남미 역사를 공부했네. 그 동안 보면서 왔던 게 퍼즐처럼 맞춰지며 이해가 가더라.

그리고 그동안 여행자들이 많이 바뀌었는데 대화를 듣는 것 도 재미있었어. 언어가 되지 않아 밖에 나가는 게 무섭다는 여행자도 있었고, 이 돈 가지고 제주도를 갔으면 더 풍족하게 지냈을 거라는 사람, 한국으로 빨리 가고 싶다는 사람도 있었 어. 리마는 관광지로선 별론가 봐. 날씨가 계속 안 좋으니까. 볼 것도 별로 없고.

어떤 예쁜 대학생이 또 나를 챙겨줘서 바닷가에 가자고 해서 다녀왔어. 20대 초반인 것처럼 보였는데 꿈이 아이 셋을 나 아서 행복하게 사는 거래. 그래서 내가 숨은 애국자라고 말 해줬어.

딸   엄마 챙겨 주는 예쁜 친구들이 참 많네. 고맙네요. 따로 다니 면서 이렇게 서로의 얘기를 듣는 것도 좋은 거 같아. 쭉 이렇 게 그냥 다녀 볼까 봐요. 어때요?

엄마   얘는!

딸   농담이에요. 농담!

쿠바

○

기대는 _____

_____ 실망이 되어

_____ 모든 게 멈춘 것 같은 도시, 시대를 거슬러 간다는 도시 아바나Havana에 와 보는 건 오랜 소망이었다. 쿠바도 점점 변해가고 있다고, 더 변하기 전에 빨리 가봐야 한다고 말하는 사람도 있었다. 남미까지 갔는데 쿠바를 그냥 두고 올 수 없었다. 이번에는 페루에서 남미 여행을 마치고 다음에 중미에 와서 여행을 할까도 생각했지만 그 시간이 또 언제 오리라는 보장이 없었다. 모든 것은 마음이 가고, 시간이 있을 때 해야 한다. 그래서 무리를 했다. 이건 순전히 엄마를 배려하지 않은 나의 선택이었다. 그렇게 페루 위의 나라들을 점프해서 우린 쿠바로 갔다. 이로써 엄마와의 여행도

서먹한 엄마와 거친 남미로 떠났다

다시 시작된 것이다. 로망으로 간직하고 있던 나라 쿠바! 그 어떤 나라보다 설렜던 건 사실이다.

그렇다면 쿠바의 첫인상은? 그리 좋지 않았다. 불편함의 연속이었다. 도착하자마자 공항에서 쿠바 돈으로 환전을 해야 했는데, 공항 환전 창구에 줄이 다섯 줄 정도밖에 없어서 난 줄을 섰다. 그런데……. 정말 이해할 수 없는 상황이 계속됐다. 환전하는 직원은 돈을 세야 한다고 한동안 손님들을 기다리게 해 놓고, 전화가 온다고 전화 통화를 거의 10분 정도 하면서 손님들을 기다리게 했다. 그야말로 손님들을 전혀 배려하지 않는, 철저하게 이기적으로 일을 하고 있었다. 개인적인 일들을 다 하고 나서야 기다리던 손님들에게 환전을 해 주었다. 그런 직원들에게 누구도 뭐라 하는 사람이 없었다. 나도 너무 화가 났지만 뭐라 할 수 없었다. 뭐라고 해야 할지도 몰랐고……. 사람들은 그 정도 되면 차라리 포기하겠다고 말한다. 나도 포기할 법도 한데 기다린 시간이 아까워서 계속 서 있었다. 그리하여 난 한 시간을 서서 기다린 후에 환전을 할 수 있었다. 현금 인출기를 쓰는 게 두려워서 직접 환전을 했는데, 쿠바에서는 현금 인출기를 쓰는 것이 더 현

모든 게 멈춘 것 같은 도시
이곳은 우리에게 어떤 추억이 될까

명할 수도 있다. 수수료는 거의 비슷하기 때문이다. 사람들은 또 말한다. 이게 쿠바이니, 그런 쿠바에 적응해야 한다고.

그렇게 돈을 찾고 택시를 잡았다. 어떤 여행자가 추천을 해줬던 카사CASA의 주소를 알려주고 그리로 가 달라고 했다. 카사는 스페인어로 집이란 뜻이다. 쿠바는 자신의 집을 여행자들의 숙소로 빌려주는 시스템을 가지고 있다. 참고로 쿠바는 인터넷 사용이 원활하지 않다. 쿠바에 있는 순간만큼은 인터넷이 없다 생각하고 사는 것이 마음 편할 것이다.

카사는 2층에 있었다. 계단은 많이 높았다. 우리가 어리둥절한 사이 택시 기사는 2층으로 올라갔다 오더니 아무도 없다고 했다. 쿠바의 온도, 그리고 길에 앉아 있는 사람들의 강렬한 눈빛이 익숙지 않다. 어쩔 수가 없었다. 우린 그 카사를 포기하고 다시 한국 사람들이 많이 간다는 세 카사 중 한 카사로 가기로 했다. 카피톨리오El Capitolio 광장 바로 앞에 있는 카사 '호아키나Joaquina'다. 바로 코앞에 있는 거리였는데, 택시 기사는 5달러를 더 요구했다. 호아키나는 그야말로 한국인들의 사랑방이었다. 호아키나 아주머니는 엄마를 보더니 우리를 배려해서 화장실이 딸린 더 쾌적한 환경으로 방을 바꿔 주셨다. 엄마랑 다니면 이런 대우를 받을 수 있어 좋다. 분명 해가 쨍쨍할 때 쿠바 공항에 도착했는데, 카사에 도착하자마자 어둠이 내려앉았다. 어디를 가든 첫날은 바쁘게 돌아다니는 것이 아니라 휴식을 취하면서 도시가 주는 느낌을 충실히 느껴보려 한다.

그리고 다음 날, 도시 전체를 한눈에 볼 수 있는 시티 투어 버스를 예약했다. 편하게 앉아서 한눈에 아바나를 둘러보기에 이만한 투어가 없다. 말레콘El Malecón 해변을 지나 아바나의 주요 관광 스폿들을 다 볼 수 있다. 아바나는 크게 센트로Centro 지역과 베나도Venado 지역으로 나뉘는데, 센트로는 말 그대로 아바나를 대표하는 지역이지만 오래된 건물들이 많다. 그에 비해 베나도 지역은 좀 더 발전된 깔끔한 느낌이었다. 그리고 쿠바의 상징이라고 말할 수 있는 체 게바라Che Guevara를 나타내는 건물들이 많다.

쿠바의 날씨는 내 마음만큼이나 오락가락하고 있었다. 구름 한 점 없는 맑은 날씨에 갑자기 구름이 끼더니 비가 내리기 시작한다. 비가 온 다음에는 또 언제 그랬냐는 듯 해가 쨍쨍하다. 비는 눈물과도 같은 느낌이었다. 한번 울고 나면 언제 그랬냐는 듯 시원해지는 그런 기분을 누구나 느껴본 적이 있을 것이다. 쿠바의 날씨가 딱 그랬다. 난데없이 내리는 비에 당황했지만 시원하게 비를 쏟다가 맑아지는 하늘 자체로 개운한 느낌이었다.

세세하게 골목골목 다니는 기분은 못 느껴도 전체적으로 아바나란 도시를 다 본 것 같다. 이제 다른 곳으로 떠나도 될 것 같은 기분이다. 날씨가 괜찮아서 버스에서 내려 여행자 거리를 조금 돌아다녔다. 그런데 비가 세차게 내리치기 시작한다. 어쩔 수 없이 우리는 카페에 들어가서 비가 그치길 기다리다가 숙소로 돌아왔다.

숙소에는 이미 한국 여행자들이 많이 모여 있었다. 그리고 서로 자연스럽게 자신의 쿠바 여행 에피소드를 나누기 시작했다. 쿠바는 20달러를 주고 비자를 사야 하는데, 거기에 수기로 신상 정보를 써야 한다. 어떤 친구는 비자에 이름을 잘못 써서 눈물을 머금고 20달러를 다시 지불하고 또 비자를 샀다고 한다. 어떤 친구들은 에어비앤비를 선택해서 숙소를

갔는데 물도 안 나오고 관광지도 아닌 외딴곳에 있는 숙소라서 돈은 돈대로 내고 다시 이곳을 찾아왔다고 했다. 각자의 고생한 여행담보다 더한 안주는 없을 것이다. 그 친구들의 이야기를 듣고 있노라니 공항에서 환전하느라 1시간 넘게 기다리고, 택시 기사에게 5달러를 더 지불한 것은 큰 사건이 아니었다.

서먹한 엄마와 거친 남미로 떠났다

쿠바는 호불호가 극명하게 갈린다. 이곳에 오기 전에도 많은 친구들에게 쿠바에 대한 이야기를 들었다. 어떤 친구는 쿠바 아바나의 거리를 걷는 것만으로도 좋다고 했고, 모든 게 다 좋은 추억이라고 말했다. 또 어떤 친구는 너무너무 싫다고 치를 떨었다. 남자들도 너무 들이댄다면서 말이다. 하지만 인정할 거 하나는 쿠바 남자들이 생각보다 섹시하다는 것이었다.

나는 어떻냐고? 오래전부터 가졌던 쿠바에 대한 기대는 아직까지 나에겐 실망이었다. 역시 어딜 가나 너무 많은 기대는 금물인가 보다.

딸 쿠바에 오신 것을 환영합니다. 쿠바라는 나라를 알고 있었나요?

엄마 몰랐지. 아무것도 몰랐지. 비행기에서 기류가 불안정해서 걱정했는데 잘 내릴 수 있어서 다행이었어. 다 같은 마음이었나봐. 비행기가 착륙할 때 사람들이 박수 쳤던 게 참 인상적이었어.

딸 아바나를 한 바퀴 돌아본 소감은요?

엄마 사람들이 길거리에 윗도리를 벗고 있는데 내 눈엔 물개같이 보이더라. 사람들의 눈빛이 심상치 않아 보이고. 건물들은 낡아서 오랜 세월을 버티고 있는 고목나무와도 같은 느낌이고. 불편한 걸 불편한지 모르고 사는 사람들 같았어. 그리고 너무 더워서 기분이 별로라는 느낌?

딸 그렇죠. 여행할 땐 날씨 참 중요하죠. 저도 별로예요.

○

살사 대신 —————

————— 말레콘 걷기

————— 쿠바는 문명과 단절되어 옛 정취를 고스란히 간직한, 그런 멈춰버린 시간 속의 모습은 아니었다. 쿠바는 변해가고 있었다. 그리고 앞으로도 더 많이 변해갈 것이다. 그럼에도 불구하고 인터넷을 자유자재로 사용할 수 없는 환경 덕분에 여행자들은 아날로그 여행을 해야 했다. 휴대폰을 보기보다는 사람들과 소통을 하기 시작했고, 그 안에서 똘똘 뭉치기 시작했다. 난 그런 아날로그 세상이 좋았다.

호아키나 카사 거실에 앉아 있으면 사람들이 하나둘씩 모여들기 시작하면서 이야기꽃을 피운다. 이게 진정 여행의 맛이 아닐까 한다. 요즘에는 낯선 곳을 여행하면서도 그 장소

서먹한 엄마와 거친 남미로 떠났다

에 충실하기보다는 자신의 휴대폰을 바라보느라 바쁜 시대니 말이다. 어쩌면 그것도 습관의 한 부분일지도 모르겠다. 그런데 쿠바에서는 스마트폰이 카메라로서의 기능만 할 뿐이다. 사람들은 모여서 자신이 했던 경험을 말하고, 알고 있는 정보들을 공유하기 시작한다. 어떤 친구가 제안을 한다.

"이 근처에 유명한 살사 클럽이 있다는데, 저녁에 가실 분 계실까요?"

그곳에 있던 친구들은 일제히 간다고 했다. 그리고 저녁을 같이 먹고 숙소에 모이기로 했다. 난 좋아하는 것은 굉장히 좋아하고, 싫어하는 것은 쳐다보지도 않는 호불호가 강한 성격이다. 때로는 우유부단함의 극치인데, 확실하게 아는 내 취향 앞엔 단호함이 있다. 그런 성격은 음악 취향에서도 나타나는 것 같다. 나는 라틴 음악과 뮤지컬 음악을 좋아하며, 평소에도 그 종류의 음악만 찾아서 듣는 편이다. 라틴 음악을 듣고 있노라면 죽어 있던 내 세포가 하나하나 반응을 하며 전율을 느끼는 것 같다.

라틴 음악을 들으면 죽어 있던 세포들이
하나하나 반응하는 게 느껴져

예전에 라틴 음악만 나오는 바에 가서 친구랑 앉아 있는데, 음악을 듣는 것만으로도 힐링이 되는 느낌을 받은 적이 있다. 그 느낌은 오래도록 간직되어 음악을 듣다가 살사 댄스까지 도전하게 되었다. 길게 가진 못했지만……. 춤을 대단히 좋아하거나, 자신이 잘한다고 생각되거나, 아니면 춤이 늘어가는 게 느껴져야 하는데 난 이도 저도 아니었다. 춤을 잘 추고는 싶었지만, 그 과정이 나에게 재미와 발전을 가져다주지는 못했던 모양이다. 가끔 생각한다. 계속, 꾸준히 살사를 추었더라면 나도 이렇게 여행을 다니면서 길거리에서 섹시하게 춤을 출 수도 있을 텐데…….

약속했던 늦은 시간이 되었고, 평소 수수한 여행자의 모습이었던 여자 친구들은 화려하게 변신을 했다. 각자 가지고 있는 옷들 중에 가장 예쁜 옷을 입고 다소곳이 앉아 있었다. 딱 봐도 한국에서 '나 오늘 클럽 가요' 하는 듯한 의상이었다. 1명, 2명 모이기 시작한 우리 일행은 다 모이자 13명이나 되었다.

일행 중에 가장 고참은 내가 아니었다. 바로 어떤 청년의 어머니였다. 20대의 아들 둘은 각자 세계 여행 중이었는데, 학교 선생님인 엄마가 방학이 되자마자 여행 중인 아들들을 보기 위해 혼자 비행기를 타고 오신 거였다. 씩씩하고 흥이 많은 분이셨다. 참 대단하다는 생각이 들었다. 무엇보다 아들하고도 친구처럼 지내고, 자유롭고 솔직하게 서로의 이야기를 나누는 모습이 인상적이었다. 우리 모녀의 분위기와는 참 대조적이었다. 어머니는 살사바에 간다는 말에 들떠서 우리 엄마한테도 같이 가자고 권하셨다. 하지만 엄마는 고민하지도 않고, 숙소에 있겠다고 하셨다.

우리는 리더를 따라 숙소에서 나와 걷기 시작했다.

'쿠바에서 모히토를 마시면서 살사를 추면 얼마나 근사할까?'

오래전부터 생각해왔던 꿈이 현실이 되나 했는데, 꿈이 이루어지려고 하는 순간에 장벽 앞에 부딪혔다. 제일 유명하다고 한 살사 클럽이 더 이상 운영을 하지 않는다고 했다. 그래서 차선책으로 간 다른 곳은 문이 닫혀 있었다. 택시를 타고 다른 곳으로 이동해서 살사 클럽을 가느냐, 아니면 그냥 작은 바에 가서 담소를 나누느냐에 대한 선택을 하기로 했고

서먹한 엄마와 거친 남미로 떠났다

우린 가까운 바에 들어갔다. 작은 바라 우리가 들어가니 테이블이 꽉 찼다. 그 작은 바에서도 공연이 이루어졌다. 춤은 아니었지만, 우리는 쿠바 노래들을 들을 수 있었다.

시간을 보니 밤 12시가 훌쩍 넘어 있었다. 바에서 나온 13명의 친구들은 거리를 점령하고 걷기 시작했다. 하나의 군단이 된 느낌이었다. 우리가 다 같이 함께 할 수 있는 게 무엇일까를 생각하다가 말레콘 해변까지 걸어가기로 했다. 혼자서는 위험해서 못가지만 이렇게 군단으로 가면 갈 수 있을

쿠바

것 같다. 아바나를 둘러싸고 있는 말레콘은 거센 파도를 부수기 위해 지은 방파제다. 그 해변 방파제엔 늦은 시간에도 불구하고 많은 젊은이들이 앉아 있었다. 우리는 한쪽에 자리를 잡고 그곳에서 늦은 새벽까지 이야기꽃을 피웠다. 새벽의 바닷바람이 참 좋았다.

그리고 숙소까지 걸어오는 길. 그렇게 동트기 전의 완벽한 어둠이 내려앉은 새벽에 아바나 시내 한복판을 걷는 건 낭만이었다. 어쩌면 취기가 올라 더 낭만적으로 느껴졌을지도 모르겠다. 낭만에 취한 우리는 그 아쉬움을 뒤로 하고 잠을 잘 수가 없어 부엌에서 조용히 라면을 끓여 먹고, 또 한 차례 모임을 시작했다. 그리고 해가 뜨기 시작할 무렵, 각자의 침상으로 돌아갔다.

근사하게 모히토를 마시며, 섹시하게 살사 춤을 추겠다는 환상은 물거품이 되어 버렸지만, 한 잔의 맥주와 마음을 나눌 수 있는 친구들이 있기에 더없이 행복한 밤, 아니 새벽이었다.

엄마와 딸의 시시콜콜 남미 뒷이야기

딸	같이 나가서 살사 춤 구경하자고 하니까, 안 나가시고!
엄마	난 클럽 분위기 별로야.
딸	엄마도 가만 보면 호불호가 확실하셔!
엄마	그 엄마는 대단하시대! 50대 정도 된 거 같지? 아들들이 세계 여행한다고 혼자 이곳까지 와서 같이 여행하고! 언어가 되니까 그렇게 혼자 다닐 수 있지.
딸	같이 다니니까 재미있었어요. 살사 클럽은 문이 닫혀서 못 가고 그냥 바닷가 근처에 가서 얘기하다 왔어요. 우리 다 나가 있는 동안 뭐 하셨어요? 심심하셨겠네?
엄마	책 있길래 책 읽었어.
딸	오! 책을 손에 놓지 않는 엄마! 제가 보기엔 엄마가 더 대단하십니다.

○

종합 선물 세트가 _____

_____ 바로 이런 걸까

_____ 아바나에서 차를 타고 4시간 정도 가면 트리니다드Trinidad라는 16세기에 세워진 고도시가 나온다. 그리고 그곳엔 한국 여행자들에게 유명한 차메로Chamero 아저씨가 있다. 차메로 아저씨는 트리니다드의 '홍반장'과도 같은 존재가 아닐까 한다. 자신의 카사에 찾아온 손님들을 이웃집으로 다 연결해 줄뿐더러 뭐가 필요하다고 하면 수소문해서 다 알아봐 준다. 한국 사람들의 정서를 너무나도 잘 알고, 맞춰주시는 덕분에 한국 여행자들에게 유명하다. 그리고 무엇보다 차메로 아저씨네에서 맛볼 수 있는 저녁 메뉴 중 랍스터 요리가 일품이라고 한다. 종류별로 고르면 되는데 가격도

서먹한 엄마와 거친 남미로 떠났다

10달러밖에 하지 않는다고.

아바나에서부터 차메로 아저씨 이야기를 다른 여행자들에게 많이 들었던 터라 우린 묻지도, 따지지도 않고 바로 차메로 아저씨 댁 앞에서 내렸다. 쿠바는 도시에서 도시로 이동할 때 교통비가 비싸다는 단점이 있다. 목적지가 같은 여행자들을 모아 승용차를 대여해서 목적지까지 가는 시스템인데 인당 25~30달러 정도 소요된다고 생각하면 된다. 물론 버스를 타고 가면 절약은 될 것이다. 하지만 우리는 돈보다도 시간을 아껴야 한다. 상황에 따라서는 돈을 아껴야 할 때도 있겠지만.

엄마와 나, 그리고 인석이란 친구와 일본인 친구가 차에 탔다. 차를 운전하는 친구는 아주 잘생긴 재간둥이 친구였다. 쉬지 않고 우리에게 말을 건네며 농담을 했고, 보조석에 앉은 엄마가 꾸벅꾸벅 조는 모습을 보고 놀리기도 했다. 그렇게 지루할 새 없이(사실은 차가 불편하고 좁아서 지루할 틈이 없었다.) 4시간을 달려 우린 트리니다드에 도착했다. 작은 도시, 아바나보다 더 쿠바 느낌이 나는 마을이었다.

나는 어디든 도착을 했을 때 첫 느낌을 소중히 여긴다. 첫

느낌에서 내가 그 도시와 사랑에 빠질지 말지 결정되기 때문이다. 트리니다드는 처음부터 나의 마음을 사로잡았다. 여행을 할 때 처음 만난 도시를 대하는 나의 태도는 사람을 만날 때와 비슷하다. 특히 남자를 만날 때…… 하지만 지금은 너무 속단하지 않으려 노력한다.

이야기를 많이 들어 익히 알고 있던 차메로 아저씨는 호감형이셨다. 우리가 도착하자마자 트리니다드의 전통 칵테일인 라 칸찬차라La Canchanchara도 만들어 주었다. 럼을 베이스로 해서 시럽과 물을 섞고, 라임을 짜 넣은 뒤 얼음을 띄워주는 칵테일이다. 단맛이 나서 맛있다. 하지만 맛있다고 계속 마시다간 '부모도 못 알아보는 지경'까지 갈 수 있는 그런 술이었다. 차메로 아저씨는 자신의 카사엔 방이 없다면서 우리를 이웃집 카사로 연결시켜주셨는데, 쾌적하고 좋은 곳이었다.

작은 도시 트리니다드에는 은근 즐길 수 있는 액티비티 프로그램이 많다. 1시간 정도 숲길을 따라 승마 체험을 하거나(엄마는 말을 열심히 타시더니 허벅지 안쪽에 상처가 났다. 말을 탈 때는 특별

히 주의해야 한다.) 천연 샘인 세노테Cenote에 가서 물놀이를 할 수도 있고, 카리브Carib해 해변에서 수영을 할 수도 있다. 또 길게 늘어선 해변을 따라 자전거를 타고 자유를 느끼며 달릴 수도 있다(이건 좀 생각보다 힘든 일이다). 그리고 예전 스페인 식민지 시절에 있었던 사탕수수 농장과 감시탑에 옛 정취가 그대로 묻어나는 기차를 타고 갈 수도 있다. 그리고 무엇보다 좋은 건, 매일 밤 메인 광장에서 열리는 야외 살사 바에 가서 음악과 춤에 취할 수 있다는 점이다. 이만하면 다른 사람에겐 몰라도 나에겐 취향 저격이었다. 난 이런 트리니다드를 사랑하지 않을 수 없었다. 3일만 있을 거라 했던 우리들은 트리니다드에 매료되어 6일을 꼬박 머물렀다.

숙소에서 반가운 사람을 만났다. 바로 쿠스코에서 한 방을 썼던 친구다. 조만간 그 친구의 어머니가 오셔서 같이 쿠바를 여행한다고 했었는데, 이렇게 또 같은 숙소에서 만난 것이다. 혼자였던 그 친구는 엄마, 이모, 엄마 친구까지 해서 세 분의 어르신과 함께였다. 무엇보다 엄마가 공감대를 형성하며 대화를 나눌 수 있는 친구들이 생겼다는 게 좋았다. 이 의미는? 바로 트리니다드에서 핫하다는 클럽에 마음 편히 갈 수 있다는 말이다. 이곳엔 동굴로 만들어진 유명한 클럽이 있었다. 그러나 잔뜩 기대하고 갔던 동굴 클럽은 대한민국에 있는 여느 클럽들과 다를 바가 없었다. 이제 난 더 이상 클럽을 좋아하는 나이가 아니라는 것을 느꼈다.

트리니다드에서 했던 많은 활동 중에 가장 좋았던 게 무엇이냐고 묻는다면 단언컨대 '카사 데 라 무지카Casa de la musica'라는 야외 광장에서 살사 음악을 라이브로 들었을 때라고 말하고 싶다. 라이브로 연주되는 살사 음악을 듣는데 온몸에 전율이 일면서 행복감을 느꼈다. 짧은 기간이긴 했지만 그래도 배워본 적이 있다고, 내 몸이 들썩이기 시작했다. 그곳에선 즉석으로 살사 스텝을 가르쳐 주는 수업까지 진행되었다. 아까부터 내 눈을 사로잡은 쿠바노가 보인다. 살사 선생님 같은데 유쾌한 느낌이 든다.

　'저 사람이랑 춤을 추면 재미있겠다.'

　생각만 하고 있었는데, 그 남자가 와서 나에게 홀딩을 하는 것이 아닌가! 끌어당김의 법칙은 정말 굉장하다. 내 생각

　서먹한 엄마와 거친 남미로 떠났다

을 그가 읽은 것일까? 무대 위에는 라이브로 살사를 연주하는 사람들이 있고, 그 앞에 광장에서 사람들은 자유롭게 나와서 춤을 춘다. 그런데 그가 이끈 광장은 텅 비어 있었다. 나는 텅 빈 광장으로 용기를 내어 나갔다. 그리고 춤을 췄다. 춤을 못 춰서 쑥스럽다는 생각조차 할 겨를이 없었다. 그저 음악과 춤에 몰입을 했기 때문이다. 여기서 또 하나를 배운다. 내가 남의 시선을 의식한다는 건 내가 그만큼 충분히 몰입을 하지 못하고 있다는 증거라는 것을. 그러니 조금만 더 집중하고, 몰입을 해봐야 한다는 것을. 쿠바노와 함께 춤을 추어본 기억은 평생 잊지 못할 것 같다. 그렇게 한 차례 춤이 끝나고 자리로 돌아왔다.

그런데 쿠바와 전혀 어울리지 않는 장면이 내 눈에 들어왔다. 그곳엔 한국 여행자들이 대략 나를 포함해 8명 정도 있었는데, 한국 친구들이 휴대폰을 가지고 씨름하고 있었다. 바로 와이파이를 잡기 위해 혈안이 되어 있었던 것이다(쿠바에서 인터넷을 사용하기 위해서는, 인터넷 카드를 사고 그 카드에 있는 번호를 입력해야 한다. 그러면 30분 정도 인터넷을 할 수 있는데, 그마저도 호텔 로비나 사람이 많이 모이는 광장 같은 특정 장소에서만 사용이 가능하다.

사람들이 많으면 접속 또한 힘들다). 그들은 앞다투어 접속이 되었다는 둥 끊겼다는 둥 생중계를 하며, 한 시간이 넘게 와이파이를 이용하기 위해 피나는 노력을 하고 있었다. 한국 사람들의 저력을 봄과 동시에 조금은 안타깝다는 생각이 들었다. 감히 함부로 판단할 순 없지만 말이다.

어쩌면 이 또한 그 순간을 집중해서 사는 힘이 아닐까 한다. 음악을 들을 땐 음악을 느끼고, 춤을 출 땐 몰입하여 추고, 밥을 먹을 때도, 걸을 때도, 대화를 할 때도 여러 가지를 하는 것이 아니라 온전히 그 하나에 집중하고 몰입할 때 조금 더 충만함을 느낄 수 있지 않나 싶다. 쿠바노와 함께 춘 살사에서 배운 나만의 철학이었다.

딸	딸들이 밖에 나갔을 때, 엄마들 모여서 무슨 얘기 했어요?
엄마	재미있는 얘기했지. 그냥 수다 떨었어. 물 만난 고기가 된 거지 뭐.
딸	막힘없이 내가 하는 언어로 수다 떨 수 있다는 거 정말 행복하죠?
엄마	응. 그런 거 같아.
딸	저도 예전에 그런 느낌 가진 적 있거든요. 외국 애들이랑만 있다 보면 뭔가 답답함이 몰려올 때가 있어요. 그럴 땐 한국 사람들 만나서 막 수다 떨고 나면 정서가 풀리더라고요. 그런 게 있나 봐요.
엄마	그런데 그 친구 좀 힘들 수도 있을 거 같아. 아직 어리잖아. 엄마랑 이모들 데리고 다니면서 혼자 다 해야 되잖아. 보통 일 아니잖아 그거.
딸	이제 그런 거까지 보이세요? 엄마도 배낭여행자 다 되셨네.
엄마	아직 멀었지 난. 난 '따라지' 여행자인데.

합리적인 호사를 _____

_____ 누려보다

_____ 원래는 트리니다드에서 가까운 산타클라라 Santa Clara에 가 보고 싶었다. 산타클라라는 도시 자체로는 볼 것이 별로 없지만 체 게바라의 흔적이 가장 많이 남아 있는 도시라고 할 수 있다. 그리고 무엇보다 가까이에 있는 섬 '까요 코코Cayo Coco(코코섬이란 뜻)'가 환상적이라는 이야기를 들은 터라 꼭 가봐야겠다고 생각했다. 하지만 가는 길이 쉽지는 않았다. 일단 그곳으로 가는 사람들이 없어서 우리끼리 움직여야 하는데 그럼 교통비가 비싸다는 첫 번째 함정이 있고, 그곳에 가도 우린 하루만 묵을 수 있다는 두 번째 함정이 있었다. 그래서 우린 선택을 해야만 했다. 그래서 느낌 좋은

서먹한 엄마와 거친 남미로 떠났다

트리니다드에 더 묵었던 것이다. 그 선택은 완전 최고라고 말할 수 있었고.

우린 산타클라라를 포기하고 아바나에서 북쪽으로 두 시간 거리에 있는 휴양 도시 '바라데로Varadero'로 향했다. 신기한 것은 쿠바에 오기 전에는 쿠바에 대해 환상을 잔뜩 가지고 아바나에서 비행기로 한 시간 있는 거리인 산티아고데쿠바Santiago de Cuba까지 가겠노라고 야심 차게 계획을 세우고 왔건만, 역시 쿠바는 생각했던 일정대로 흘러가지 않았다. 어떤 여행이든 그렇겠지만 쿠바는 더욱 심하다. 참을 '인忍'자는 필수로 가지고 있어야 한다. 그게 쿠바만의 스타일이다. 내려놓음을 확실히 실천할 수 있는 곳이라 감히 말할 수 있다. 이제는 그런 쿠바만의 스타일에 어느 정도 적응이 되어가는 듯하다.

꽤 오랜 시간 동안 차를 탄 후 우리는 바라데로에 도착했다. 그리고 미리 점 찍어둔 호텔에서 체크인을 하려고 기다렸다. 쿠바는 호텔에서 직접 숙소를 예약하는 것보다 호텔 내에 있는 여행사에서 예약을 하는 게 좋다고 이미 들은 터였다. 그런데 여행사에 담당자가 없어서 우린 담당자가 올 때까지 한참을 기다렸다가 예약을 했다. 진짜 직접 호텔 리셉션에서 예약을 하는 것보다 반값이나 저렴했다. 그리고 드디어 방을 배정받았다. 완전 천국이었다. 열악한 쿠바 숙소 중에 이런 곳이 있다니. 쿠바인데 쿠바인 듯하지만 쿠바가 아닌 느낌. 다른 나라에 와 있는 것만 같았다.

1인당 10만 원도 안 되는 돈으로 '올 인클루시브' 모든 혜택을 누릴 수 있다는 사실이 정말 환상적이었다. 질적인 면에서는 아직은 모르겠지만, 음료를 무한대로 먹을 수 있다는 점과 하루 종일 한량처럼 수영만 하면서 취해 있을 수 있다는 점에 쾌재를 불렀다. 휴식이 필요할 땐 이만한 데가 없었다. 대부분 '올 인클루시브'라고 하면 비싼 금액을 지불해야 하지만 바라데로는 합리적인 가격에 머물 수 있다는 점이 장점이었다. 혼자 오는 배낭여행이라면 일행을 만나서 올 수도 있겠지만, 그렇지 않은 경우에는 이런 곳까지 올 생각은 하지 않는다. 하지만 일행들을 만나서 함께 오는 것도 괜찮다고 본다.

캐나다에서 바라데로까지 직항으로 오는 비행기가 있어

서먹한 엄마와 거친 남미로 떠났다

서인지 휴가를 즐기러 온 캐나다인들이 대부분이었다. 캐나다 비행기를 이용하면 비자를 따로 사지 않아도 된다고 한다. 우리는 그곳에서 신기하게 보이는 부자父子를 만났는데, 나중에 안 사실이지만 실은 그들은 부자가 아니었다. 60대쯤으로 보이는 할아버지와 아직 10대인 친구는 계속해서 줄담배를 태우고 술을 마셨다. 어떻게 하다 그들과 대화를 나누게 되었는데 할아버지는 싱글이라고 했고, 10대 친구는 부모님이 안 계신다고 했다. 아마 아들처럼 이 친구를 키우셨던 모양이다. 어느 나라 사람이냐고 묻는 질문에 한국에서 왔다고 했더니 할아버지는 눈물을 보였다. 자신이 세계 여러 나라를 다니면서 일을 했지만, 한국 사람들이 참 불쌍하다고 했다. 그리고 한국엔 곧 전쟁이 일어날 거라고 했다.

남미를 여행하면서 신기했던 사실은 만나서 이야기를 나누는 사람들마다 한국에 대한 진심 어린 걱정을 해주더라는 것이다. 그 얘기를 듣고 있으니 나도 걱정이 되어 한국에 있는 친구들에게 연락을 해보았다. 그런데 정작 한국은 너무 평안하다고 했다. 멀리서 보는 것과 가까이서 보는 것은 참 다른가 보다. 내가 보기엔 계속해서 술에 취해 있는 그들의 삶이 더 불쌍해 보이기도 했는데. 모르긴 몰라도 말이다. 솔직히 각자의 삶에 대해, 나라에 대해 이러쿵저러쿵할 필요도 없는데 말이다.

어쨌든 2박 3일 동안 호텔 안에서 먹고, 놀고, 자고 하는 한량 같은 생활, 더없이 좋았다. 물을 좋아하는 엄마도 하루 종일 수영장에 계시며 즐거운 듯 보였다. 하지만 매일같이 이렇게 살라고 하면 못하겠지? 휴식이 정말 달콤한 건 그 전에 열심히 일하고 바빴던 일상이 있었기에 가능한 것이다. 휴식만 계속된다면 지루해서 못 견딜 것이다.

쿠바에 있는 동안 난 인터넷 카드를 한 번도 사지 않겠다, 완벽한 아날로그형 인간이 되어 보겠다 결심을 했는데 그쯤 되니 주변 사람들이 궁금해졌다. 또 외국 사람들이 걱정하는 한국은 잘 있나 소식이 궁금하기도 했다. 그래서 거금 2,000원을 들여서 30분 인터넷을 할 수 있는 카드를 샀다. 그리고 기대하는 마음으로 인터넷 접속을 했다.

내가 단절되어 있던 동안 무슨 일이 있을까 걱정했던 만큼의 큰일들은 없었고, 사람들도 평범하게 일상을 아주 잘 살

서먹한 엄마와 거친 남미로 떠났다

휴식이 달콤한 건
그만큼 바빴던 일상이 있었기에
가능한 것일지도

아가고 있었다. 연락도 많이 오지 않았다. 그렇게 잠깐 동안 연락을 하고 주변을 체크하고 났더니, 더 이상 인터넷으로 할 것도, 하고 싶은 것도 없었다. 그러니 쓸데없이 주변 사람들 걱정을 너무 많이 하지 말 것!

서먹한 엄마와 거친 남미로 떠났다

딸　바라데로는 우리가 보아왔던 쿠바와는 다른 느낌이었죠? 어 땠어요?

엄마　다 쓰러져 가는 이미지가 강했던 쿠바라는 나라에 이런 예쁜 바다와 호텔이 있다는 게 일단 새로웠지. 공산주의 속에 있는 민주주의를 보는 것 같았어. 그동안 좀 더웠고 불편했던 건 사실이잖아. 여기서는 그냥 풍요롭다는 느낌이 있었어. 자유 롭고 마음이 평안해졌어. 생각해보면 너무 불편했었기에 겨 우 이 정도로 100%의 행복감을 느낀 것 같기도 하고. 진정한 휴가를 이곳에서 즐기고 있는 것 같아. 여기가 왠지 여행의 마지막 종착지 같은 느낌! 이제 자유 여행의 맛을 좀 알아갈 거 같은데.

딸　걱정 마세요. 여기가 끝이 아니랍니다. 다행히도 우리에겐 더 좋은 곳이 기다리고 있으니까요.

○

쿠바에 의한, 쿠바에 대한 _____

_____ 내 작은 바람

_____ 쿠바의 길게 뻗은 카리브해 해변을 뒤로하고 우리는 다시 아바나로 왔다. 다시 온 아바나는 더 친숙하게 느껴졌다. 역시 우린 택시를 예약하고 편하게 이동을 했다. 하루를 아바나에서 더 머물고 다음 날 아침, 비행기로 칸쿤 Cancun에 간다. 처음에 왔을 때 그토록 정이 가지 않았던 쿠바가 떠날 때 되니 조금은 아쉽게 느껴진다.

쿠바에서 통용되는 화폐는 두 종류다. 여행자들이 쓰는 CUC(쿡)과 현지인들이 사용하는 MN(모네다나시오날)이다. 1쿡은 24모네다의 가치를 지닌다. 모네다를 사용하는 식당에 가거나, 교통수단을 이용하면 더 저렴하게 여행을 할 수 있다

서먹한 엄마와 거친 남미로 떠났다

고도 한다. 그런데 이곳에 길게 있지 않고서야 현지인들처럼 밥을 먹거나 물건을 사는 건 쉽지 않다고 느껴졌다. 여행자 화폐만 가지고 있었던 나는, 처음 쿠바에 도착하자마자 숙소로 가느라 지출한 금액인 교통비부터가 비싸게 느껴졌다. 쿠바 여행을 위해 달러를 한국에서 환전해왔지만, 그 돈으로는 어림도 없었다. 쿠바에 대한 감이 없어서 여행비를 인도나 동남아 즈음으로 생각하고 책정을 했던 것이다. 하지만 체감 물가는 한국이랑 비슷한 느낌이거나, 더 비싸다는 느낌이 들었다. 물론 관광지만 돌아다니고 쿡 화폐만 사용해 그런 것일 수도 있다. 환전을 할 때도 어찌나 불편하던지 기본 한 시간 반은 기다려야 환전을 할 수 있기에 모네다로 바꿀 생각을 하지 않았다.

그런데 뒤늦게 모네다의 진정한 맛을 알게 되었다. 카사호아키나 주인아저씨가 장을 보러 간다고 하길래 아저씨를 따라나섰다. 주인아저씨가 가는 곳이라면 현지인들이 가는 시장이기에 쿠바 사람들의 일상적인 생활을 가장 가까이서 볼 수 있다는 생각이 들어서다. 이제는 관광지를 돌아다니는 것보다 현지인들이 사는 곳을 보고 그들과 이야기하는 것이 더 좋다. 정말 절호의 기회였다. 웃음도 없고 무뚝뚝한 아저씨가 다른 여행자에게는 좋은 이미지로 비치지 않았나 보다. 하지만 나에게는 호의적이었다. 그것도 엄마의 힘이라고 말하고 싶다. 그 덕에 난 현지인들이 가는 쿠바 시장을 경험할 수 있었다.

사탕수수 주스가 1모네다, 아이스크림이 2모네다, 그리고 커다랗고 잘 익은 애플망고가 8모네다였다. 한국 돈으로 하면 주스는 24원, 아이스크림은 50원, 망고는 300원 정도 하는 것이었다. 이 세계를 진작 알았더라면 가성비 좋고 더 흥미로운 쿠바 여행을 했을 텐데……. 하지만 내일 우린 쿠바를 떠난다. 식비로 거의 1인당 10달러를 내고, 승마 체험을 할 때는 점심을 먹어야 한다길래 굳이 가이드까지 사주었다. 말도 안 되는 음식에 어마어마한 값을 지불했다는 데 심기가 불편해졌다.

사실 사람의 심리란 그런 것 같다. 내가 돈을 지불하고 그만한 대우를 받는다고 느끼면 상관이 없는데, 그만한 값어치가 안 되는데 터무니없이 비싼 돈을 지불하게 되면 좋지 않은 기분이 드는 거다. 서비스나 질이 떨어지는데 지출한 금액은 크다. 그러니 사람들이 쿠바에 대해 자꾸 안 좋게 말하게 되는 것이다. 마지막 날에 숙소에서 만난 부부는 '쿠바'라는 나라를 자신의 지도에서 지우겠다고까지 표현했다. 나 또한 오래전부터 꿈꿔왔던 쿠바의 모습은 아니었기에 어느 정도 공감한 부분은 있었다(어느 누구는 정말 좋았다고 말할지도 모르겠다. 이건 어디까지나 개인적인 경험이고 느낌이다).

아바나에 도착하자마자 무엇을 할까 고민을 하다가 배를 타고 갈 수 있는 엘 모로El Moro에 가보기로 했다. 아바나항(港)은 스페인 통치 시절에 남아메리카에서 모아 온 금을 스페인으로 이동시키기 위한 집결지로 활용되었다고 한다. 그래서 해적의 출몰도 잦았다고. 모로 요새Castillo del Morro와 산 카를로스 요새Fortaleza San Carlos de la Cabaña가 있는 엘 모로는 현지인들이 대중교통으로 이용하는 배를 타고 갔다. 엘 모로는 더웠다. 역시 땡볕 아래를 걷는다는 건 보통 일이 아니다. 그리고 우리는 저녁 즈음에 숙소로 돌아왔다.

쿠바를 여행하는 여자 여행자들이 말하는 것 중 하나가 쿠바 남자들이 너무 치근댄다는 것이다. 하지만 나는 그런 느낌을 느껴 본 적이 없다. 그것도 엄마와 함께 다니기 때문이랄까. 게다가 그런 반응이 온다 해도 대수롭지 않게 생각할 것 같다. 오히려 지금은 고마워할 수도……. 그런데 쿠바 남자들이 왜 그렇게 여자 여행자들에게 관심을 가지는지 알게 되었다. 이들은 이곳에서 많이 벌어봤자 한 달 월급이 30달러라고 한다. 그래서 이들의 최종 목표는 쿠바를 벗어나 해외로 가는 것이라 한다.

"해외에 나가려면 외국 여자와 결혼해야 하거든."

누군가는 99%가 될 수도, 또 누군가는 1%가 될 수도 있는 가능성을 위해 그들은 오늘도 거리에서 여자 여행자들에게 말을 걸고 있는 것이다.

쿠바 여행 내내 함께 다녔던 인석이는 밤에 혼자 거리를 다녀오더니 충격을 받았다고 말한다. 말레콘 거리를 혼자 걸었는데 쿠바 여자들이 자신에게 작업을 걸더란다. 궁금해서 왜 이렇게 사냐고 물어봤더니 자신의 아이와 가족들이 먹고 살려면 이렇게 해야 한다고 말하더란다. 그리고 또 남편이 그렇게 시킨다고 했다. 그게 바로 우리가 마주했던 쿠바의 어두운 단면이었다.

  서먹한 엄마와 거친 남미로 떠났다

뭐가 옳은지 그른지 따지기보다는, 그냥 모두가 행복한 나라가 되었으면 좋겠다. 쿠바고 한국이건 간에. 사람을 절망의 나락까지 내몰리지 않게 하는 그런 나라가 되었으면 좋겠다. 그게 내 작은 바람이다.

딸　이제 쿠바에서의 마지막 날이네요. 저에겐 애증의 쿠바였는데, 엄마는 쿠바가 어땠나요?

엄마　리모델링을 기다리는 오래된 건물들, 윗도리를 벗고 있어 물개를 연상시키는 남자들, 우리나라에선 보지도 못했던 아주 오래전의 옛날 기차도 타 보고, 말도 그렇게 오랫동안 타 보고……. 말 그대로 아날로그의 경험을 제대로 한 거 같아.

쿠바에 대한 느낌은 저마다 다른 거 같아. 좀 불편했지만 신선했어.

그런데 난 민주주의가 좋은 거 같아.

딸　그 한마디에 모든 게 담겨 있는 거 같네요.

아디오스 쿠바, _____

_____ 올라 칸쿤

_____ 그곳은 과연 어떤 곳일까! 상상의 나래를 폈던 시절이 있었다. 그 소망이 현실이 되는 순간 반응은 대개 두 가지일 것이다. 상상한 대로거나, 아니면 상상에 못 미치거나. 다만 한 가지 중요한 사실은 경험을 해보고 나면 더 이상 여한이 없다는 것이다. 남들이 말하는 어떤 것보다 직접 내가 경험하는 것은 무엇보다 소중하다. 그렇게 사는 인생은 '한'이 없게 된다. 그리고 한없는 인생을 사는 것이 내 인생 최대의 목표다.

다른 곳을 여행할 때는 사람들이 이렇게 열변을 토하며 말하지 않는다. 하지만 쿠바만큼은 다르다. 열변을 토한다는

건 그만큼 기대와 애정을 가지고 있었다는 뜻이다. 기대에 미쳤거나, 못 미쳤거나 하는 것은 본인들이 판단할 몫이고. 그리고 그 경험은 자신만의 추억이 되어 자리 잡는다.

열흘 동안 있었던 쿠바. 인터넷을 쓰지 못한다는 것을 전제로 했기에 칸쿤에 갈 비행기와 숙소를 미리 페루에서 예약했다. 오늘 떠나는 사람과 오늘 막 도착한 사람들이 공존한다. 도착한 사람들 대부분은 멕시코에서 왔고, 그중에서도 우리가 이제 막 갈 칸쿤에서 온 사람들도 많았다. 그들은 각자의 경험을 토대로 대화를 나누고 있다. 그 사람들이 하나같이 하는 소리가 쿠바에 비하면 정말 칸쿤은 천국이라는 것이다. 나는 그냥 지켜볼 뿐이다. 그리고 떠나는 자와 남는 자들의 화폐 교환이 이루어진다. 이곳을 떠나는 순간 돈으로서 가치를 못하는 쿠바 돈을 달러와 교환한다. 화폐만 봐도 각 나라의 경쟁력을 볼 수 있는 듯하다.

대화를 나누고 있는 사이, 엄마와 나를 공항으로 데려다줄 택시가 도착했다. 계속 함께 다녔던 인석이와 작별 인사를 나눴다. 나보다 더 우리 엄마를 잘 챙겨준 인석이에게 무척 고마웠다. 이제 '올드카'를 타고 공항으로 간다. 올드카는

떠나는 자와 남는 자들…
우리는 이곳에 다시 올 수 있을까

보기엔 예뻐도, 막상 타보면 그리 편하지는 않다. 쿠바 공항에서 비행기 타는 시간까지 기다리는 동안 만감이 교차했다. 다른 나라에서는 느껴보지 못했던 기분이다. 비행기에 탑승하며 마음속으로 외쳤다.

"아디오스adios(헤어질 때 하는 인사)! 쿠바!"

쿠바 아바나에서 멕시코 칸쿤까지는 꽤 가까웠다. 한 시간의 비행 후에 칸쿤 공항에 도착했고 우리는 기대하는 마음으로 비행기에서 내렸다. 공항 분위기부터 남다르다. 온갖 자본주의의 모습이 제 모습을 드러내며 우릴 유혹하고 있다. 쿠바에 며칠이나 있었다고 이런 모습들이 당황스럽다. 원래 이런 환경에서 살았었는데 말이다.

　언제나 그렇듯 공항에 내려 제일 먼저 하는 일은 짐을 찾는 일! 그때까지만 해도 모든 게 순조로웠다. 그런데 우리의 캐리어를 받아서 손잡이를 올리려는 순간, 손잡이가 올라가지 않는다. 이것 또한 당황스러웠다. 아무래도 비행기에 실으면서 고장이 난 것 같다.

일단 우리가 탔던 비행기 항공사 인포메이션을 찾아갔다.
자초지종을 설명하고 기다리는데 그 직원은 자신이 담당자
가 아니라면서 담당자가 자리를 비웠으니 기다리라고 말했
다. 30분 내에는 올 거라면서. 30분이면 기다릴 만하다고 생
각하여 기다렸다. 30분 뒤, 다시 가서 물어보았더니 아직도
안 왔다고. 다른 직원에게 물어도 똑같은 말뿐이었다. 슬슬
짜증이 나기 시작했다. 기다렸던 시간도 아까워지기 시작했
다. 이제 금방 어두워질 거 같은데 마음도 초조해졌다. 한 시
간이 지나도 직원은 아직 안 왔다는 말만 되풀이했고, 직원
들은 자신이 어떻게 할 수 없는 부분이라며 발을 다 뺐다. 일
단 나를 진정시켰다. 그리고 이제는 선택을 해야 했다. 난 언
제나 '내 에너지를 낭비하지 말자'란 쪽으로 선택을 한다. 조
금 더 손해 보더라도 내 마음 편한 쪽을 택한다. 일단 여기서
는 내가 기다린다고 또 그렇게 뾰족한 해결책이 없을 것 같
았다. 몸과 마음은 이미 지쳐갔다.

"그냥 가요. 엄마!"

서먹한 엄마와 거친 남미로 떠났다

멕시코의 첫 이미지가 그리 좋을 리 없었다. '이리저리 책임 전가하는 건 한국이나 여기나 별반 다를 건 없구나' 하고 생각했다. 그리고 밖에 나가서 숙소까지 가는 택시를 예약했다. 너무 지친 상태라서 빨리 도착해 쉬고만 싶었다.

우리는 플라야 델 카르멘Playa del Carmen으로 가야 했다. 공항에서 그곳까지는 차로 40분 정도였다. 유쾌한 택시 기사님과 이런저런 얘기를 하며 즐겁게 가고 있었다. 그런데 갑자기 날씨가 변하기 시작했다. 어두워지더니 천둥 번개가 치고 비가 세차게 내리기 시작했다. 순식간에 바깥은 어두워졌다.

주소를 적어놓고 택시 기사님께 보여줬는데 기사님께서는 찾기 어려워하셨다. 주소에 충분한 정보가 없었나 보다. 숙소 주인과는 메일로 연락을 주고받았다. 난 현재 유심을 사지 않아서 연락을 할 수 없는 상황이었다. 다행히 전화번호를 적어놓아서 기사님 전화로 전화를 하는데 받지 않는 것이었다. 갑자기 두려움이 엄습했다. 숙소를 못 찾으면 어쩌지?

택시 기사님은 세차게 내리는 비 가운데서도 끝까지 포기하지 않고 숙소를 찾아 주었다. 그런데 숙소는 문이 굳건히

잠겨 있었고 벨을 눌러도 어떤 대답도 없었다. 옆집에서 문을 열고 나온 분이 있어서 상황을 설명했더니 짐을 자신의 집에 놓고 기다리란다. 너무 감사했다. 그리고 얼마 지나지 않아 옆집 숙소 주인이 오토바이를 타고 오셨다.

상황은 이랬다. 숙소 주인은 집을 사서 숙소 임대를 하는데 내가 5시 정도 도착한다고 해서, 그 시간에 맞춰 와서 한 시간을 기다렸던 것이다. 그런데 내가 연락도 안 되고 해서 잠시 집에 가 있었다고 했다. 메일로 연락을 했는데 난 볼 수 없었던 것. 짜증났던 마음은 주인아저씨의 선한 인상을 보는 순간 사라졌다. 지쳤던 하루였지만 하루의 피곤을 날려 버릴 수 있는 잠자리가 있다는 사실만으로도 감사했다.

서먹한 엄마와 거친 남미로 떠났다

딸　전 어디를 가도 첫인상을 중요시 여기는데, 칸쿤 첫인상 어땠어요?

엄마　일단은 쿠바가 마지막이 아니라는 사실에 조금은 안도했고, 한국 가기 전의 마지막 나라라고 하니 아쉽기도 했어.

　멕시코 사람들과 쿠바 사람들은 정말 다른 거 같아. 바로 옆에 있는 나라인데도 이렇게 외모가 다를 수 있구나 생각했어. 그리고 첫인상은 나쁘지 않았어. 친절한 거 같았어. 이제는 숙소까지 가는 택시만 타 봐도, 택시 기사님만 봐도 대충 분위기를 알 수 있거든.

딸　대단한걸요? 일단 칸쿤 첫인상은 굿! 캐리어 고장 난 것만 빼면!

멕시코

알고 보면 _____

_____ 무시무시한

_____ 예전에 해외여행을 할 때는 역사적인 유적지나 박물관, 미술관 같은 곳은 꼭 가야 한다고 생각했었다. 그런데 지금은 생각이 많이 바뀌었다. 과거의 역사를 아는 장소에 가는 것도 좋지만, 현재 그곳에 사는 사람들의 삶이 더 궁금하다. 그래서 언제부터인지 역사적인 유적지는 나에게 더 이상 감흥을 가져다주지 못하고, 꼭 가지 않아도 되는 곳이 되었다. 어쩌면 여행을 하면서 나만의 확실한 취향을 찾은 것일지도 모른다.

그런데 엄마는 역사적인 곳을 굉장히 좋아하신다. 그래도 멕시코 칸쿤까지 왔는데 7~13세기 후반의 대도시 유적이자

서먹한 엄마와 거친 남미로 떠났다

유네스코 세계문화유산으로 등재된 치첸이트사Chichén Itza 유적을 보러 가지 않을 수 없다. 직접 버스를 타고 찾아가는 방법도 있지만, 하루 종일 세노테와 치첸이트사를 둘러보는 투어를 신청했다.

아침 일찍 투어를 신청한 곳 앞으로 가서 기다렸다. 우리는 밴을 타고 대형 버스 있는 곳으로 가서 차를 갈아탔다. 버스에는 여행자들이 반도 차지 않았다. 출발한 버스는 툴룸Tulum이란 지역에서 한참을 기다렸다. 여기에서 또 다른 사람들이 버스에 타나 보다. 칸쿤에서 내려온 사람들과 툴룸에서 타는 사람들까지 버스는 만원이 되었고, 버스가 꽉 차자 드디어 치첸이트사를 향해 출발했다.

투어 상품답게 치첸이트사만 가는 게 아니라 이곳저곳을 들르게 된다. 첫 코스로 우린 '익킬 세노테Ik kil-cenote'란 곳에 갔다. 세노테는 석회암 암반이 함몰되어 지하수가 드러난 천연 샘이라고 하는데, 익킬 세노테는 사진으로 많이 봤던 곳이다. 도착해서 아래로 내려가 보니 많은 사람들이 수영복을 입고 다이빙을 즐기고 있다. 지하 웅덩이 같은 곳인데 깊이는 가늠할 수가 없었다. 깊어도 진짜 깊을 것 같다. 바다의

서먹한 엄마와 거친 남미로 떠났다

물은 흘러가는데, 지하수가 고여 있다는 세노테가 신기했다. 그리고 저 물 아래엔 어떤 사연들이 있을까 궁금했다. 그런 생각을 하니 조금은 섬뜩하기도 했다.

엄마는 물을 굉장히 좋아하신다. 어쩌면 무릎의 통증이 물에 있으면 덜하게 느껴지셔서 그런 것 같다. 물이 있는 곳이면 어디든 주저하지 않고 들어가신다. 그리고 사우나도 아닌데 한참을 몸을 담그신다. 익킬 세노테에서 우리에게 주어진 시간은 한 시간이어서 한 시간을 꽉 채워 수영하고, 차를 타고 바로 점심을 먹으러 갔다.

레스토랑으로 들어가는 입구에서 마야 문명 원주민 복장을 한 사람들이 우리를 격하게 반겨주었다. 약간은 야하기도 하고, 무섭기도 한 복장이다. 투어를 하는 관광객들은 다들 여기로 모이는 것 같았다. 뷔페식의 식당에서 식사를 하면서 공연을 관람했는데, 공연 내용은 마야 문명을 다룬 이야기로 대사 없이 진행되는 넌버벌 퍼포먼스였다.

식사 후에는 대망의 하이라이트인 치첸이트사 유적에 갔는데 시간을 보니 오후 2시다. 햇빛이 강렬할 때가 아닌가. 더위도 정말 더웠다. 치첸이트사 입구에 들어가면 영어 가이

드, 스페인어 가이드가 있다. 각 가이드를 따라가면 되는데, 우리는 영어 가이드를 따라갔다.

목숨을 담보로 한 포타폭Poktapok이라는 구기 경기에서 이기게 되면 제물로 바쳐진다는 이야기부터, 가장 유명한 '엘 카스티요El Castillo 피라미드'까지 가이드를 따라다니면서 설명을 열심히 들었다. 해골 부조의 벽은 희생된 사람들 얼굴이라고 한다. 여자들이 제물로 희생되었는데 세노테에 던져버렸다고도 했다. 그런 역사가 있는 줄 알았으면 세노테에 들어가지 않았을 것이다. 그런데 아까부터 의아했던 부분이 있었는데 점심 전 시원한 시간에 치첸이트사 유적에 왔다가, 점심을 먹고 세노테에 가면 더 시원함을 느낄 수 있는 최고

서먹한 엄마와 거친 남미로 떠났다

의 투어가 될 텐데 왜 세노테에 먼저 갔을까 하는 점이었다. 그런데 가이드의 설명을 듣자 그 의문이 풀리는 것 같기도 했다. 진짜 그 의도인지는 모르겠지만. 그냥 동선을 따라 투어 루트를 짠 것일 수도 있는데 말이다.

'엘 카스티요 피라미드'는 춘분이나 추분 때 계단에 뱀의 그림자가 나타난다고 해 '쿠쿨칸Kukulkán(깃털이 난 뱀) 피라미드'라고도 한다. 계단은 착시현상으로 길이가 다 달라 보이는데 실은 같은 길이라고 한다. 피라미드 앞 어떤 한 장소에 서서 박수를 치면 공명이 생긴다기에 그 장소에서 우리는 다 같이 박수를 쳐보기도 했다.

거의 1시간이 되는 가이드 투어를 마치면 나머지 1시간은 자유시간이다. 자유시간이지만 피라미드 앞에서 사진 찍는 거 말고는 딱히 할 게 없다. 그리고 너무 더워서 아무것도 할 수가 없다. 그냥 그늘에서 시원한 얼음물을 마시는 게 최고다. 역시 난 역사적인 유적에는 그리 깊은 관심이 없나 보다.

돌아오라는 시간에 맞춰서 버스에 탑승했는데 투어는 아직 끝난 게 아니었다. 숙소로 돌아가기 전 마지막으로 '바야돌리드Valladolid'란 마을에 들렀다. 아기자기하지만 그리 특별

죽어가는 감성은 어떻게 해야 살아날 수 있는 것일까.

할 건 없는 마을이었다. 그곳에서는 30분이라는 시간이 주어져서 아쉬운 대로 버스에서 내려 분수대가 있는 공원을 가로지르며 걸어봤다. 칸쿤 지역 최초의 산헤르바시오San gervasio 성당이 있는데 성당도 너무 많이 봤던 터라 감흥이 없었다. 죽어가는 내 감성 어떻게 해야 살아날 수 있는 것일까? 그러고 보면 많은 경험이 그렇게 좋지 않을 수도 있다. 다 비슷비슷해 보여 웬만한 것들에 반응하지 않는다. 내 반응을 이끌어내려면 뭔가 특별하거나 더 센 것이 필요하다.

드디어 우린 꽤 오랜 시간이 걸린 투어를 다 마치고 숙소가 있는 플라야 델 카르멘에 도착했다. 도착한 시간은 저녁 9시였으니 꼬박 12시간이 걸렸던 치첸이트사 투어였다.

치첸이트사 당일 투어는 솔직히 힘들었다. 하지만 가지 않으면 뭔가 아쉬운 느낌이 들고, 직접 찾아다니기엔 품이 많이 들고 투어 가성비는 나쁘지 않은 것 같다. 하지만 좋았냐고 묻는다면 그냥 난…… 모르겠다.

딸　무릎은 괜찮으세요?

엄마　아플 거 같아서 아까 피라미드에서 가만히 앉아 있었잖아.

딸　세노테에서는 아주 물 만난 고기처럼 잘 노시던데.

엄마　좀 무서웠어. 깊이를 가늠할 수 없으니까. 그래도 밖이 너무 더우니까 안에 있는 동안은 시원했지. 그런데 나중에 처녀들이 옛날에 제물로 바쳐진 곳이라는 말을 듣고 좀 섬뜩했지. 그렇지만 이미 다녀온 곳인데 어떡해. 치첸이트사를 본 느낌은 사람들의 목숨이 왔다 갔다 하는 장소였다는 것. 모든 역사적인 장소에는 희생자들이 반드시 있었다는 것을 깨닫게 되네.

우리는 세 번 _____

_____ 멕시코 천사들을 만났다

_____ "나 핑크빛 호수 보고 싶어. 다른 건 몰라도 신비로운 자연은 봐야지."

그 순간, 난 실수했다 싶었다. 말하지 않아도 될 것을 엄마에게 말해서 갑자기 내가 피곤하게 생겼다. 칸쿤에 핑크빛 호수가 있는데, 찾아가기가 쉽지 않아서 일정 되는 여행자들끼리 모여 차를 렌트해서 간다고 했다. 칸쿤은 여행자들을 위한 도시인만큼 차 렌트 시스템이 잘 되어 있는 듯했다. 며칠 전, 누가 단체 채팅방에서 핑크 라군에 갈 사람들을 모집하길래 나도 간다고 했다. 그런데 갑자기 일행을 모집하던 사람이 못 가겠다고 취소를 한 것이다. 그리고 난 그 사실을 엄마에게 그대로 전했다.

"원래는 내일 핑크빛 호수가 있다고 해서 가려고 했는데 그 모임이 취소됐네요. 우리 그냥 내일은 수영하면서 해변에서 쉽시다."

이번 여행의 모든 결정권은 나였고, 엄마가 한 번도 자신의 의견을 크게 어필한 적이 없기에 난 엄마가 "그래"라고 할 줄 알았다. 그런데 엄마는 자신의 의견을 강력하게 어필하셨다.

누군가가 강력하게 의견을 제시하면 난 그걸 하기 위해서 백방으로 노력하는 편이다. 설령 그것이 이루어지지 않을지라도 말이다. 그리고 그런 의견을 제시한 사람은 다른 사람이 아닌 내 엄마였다. 엄마가 하시고 싶은 건 꼭 해 드리고 싶은 딸의 마음을 알겠는가! 이럴 땐 정말 효심이 차고 넘친다. 난 총대를 메고 단톡방에서 핑크 라군에 갈 사람을 모집하기 시작했다. 인원 확보가 되지 않거나, 내일 아침에 차가 렌트되지 않는다면 이건 가지 말라는 운명으로 받아들이리라 생각하면서 말이다. 그런데 나와 엄마를 포함해 정확히

서먹한 엄마와 거친 남미로 떠났다

다섯 명이 모였다.

"일단 다섯 명은 모였어요. 그런데 다 올지 안 올지도 모르겠고, 주말이라 차가 렌트 안 될 수도 있으니 너무 실망하지 마세요."

나는 엄마한테 그렇게 말하고 숙소를 나섰다. 어쩌면 그렇게 되길 내심 바라고 있었는지도 모른다. 그런데 모든 게 일사천리로 진행되는 것이 아닌가! 한국인 운전면허증도 허락이 된다고 해서 운전면허증과 보증금으로 내 카드를 맡겼다. 곧 은색 세단의 폭스바겐 차가 도착했다. 그리고 정말 여리여리한 세 명의 처자들과 함께 핑크 라군을 향해 출발했다. 처음부터 모든 것이 순조로웠기에 기대하는 마음으로 기름을 가득 넣었다. 차는 24시간 대여가 돼서 내일 아침에 반납해도 된다. 시간이 된다면 밑에 지역의 조용한 해변인 툴룸에도 다녀올 예정이었다.

운전대를 잡은 건 그 어떤 처자도 아니고, 환갑이 넘으신 엄마였다. 엄마는 실로 운전에는 베테랑이었다. 그동안 남미를 돌면서 자신이 할 줄 아는 게 없었는데, 이렇게 자신의 재능을 살려 운전을 하며 존재감을 드러낼 수 있다는 사실에

신이 나셨다. 그리고 여리여리한 세 친구들은 엄마를 찬송하였다. 엄마는 그 덕에 더 신이 나셨고…….

도로에 맨홀이 조금 많긴 했지만 길이 잘 닦인 편이었다. 그런데 두 시간 정도 달렸을까. 차에서 타는 냄새가 나기 시작했다. 대수롭지 않게 생각하던 우리는 계속해서 심하게 나는 냄새에 차를 갓길로 세웠다. 그리고 차에서 내렸다. 그런데 정말 믿을 수 없는 광경이 펼쳐졌다. 타이어가 찢어지고 타서 만신창이가 되어 있었다. 정말 이렇게 더 갔다가는 큰 사고가 났을 뻔했다.

다 여자들이어서 어떻게 해야 할지 몰라 눈만 깜빡이고 있었다. 그런데 우리가 깜짝 놀란 것도 잠시, 우리 차 뒤를 따라오던 차 두 대가 연달아 섰다. 차에선 네 명의 남자들이 내렸다. 그리고는 우리 차의 타이어를 본다. 자신들의 차에서 장비를 꺼내더니 어떤 말도 없이 서로의 힘을 합쳐 차를 번쩍 들어 올린다. 그리고 갈기갈기 찢어져 초토화된 타이어를 스페어타이어로 교체해주었다. 타이어를 보기만 해도 아찔하다. 그리고 그들은 일제히 자신의 차에 타더니 유유히 사라졌다. 고맙다고 말할 겨를도 없이……. 그들은 정말 어디서 나타난 천사들일까? 순식간에 생긴 에피소드였지만 멕시코의 천사들로 웃으며 넘길 수 있었다. 이제 렌터카 회사에 잘 말하기만 하면 된다.

우리는 다시 지도에 나온 길을 따라 열심히 달렸다. 그런데 핑크 라군이 머지않았다는 생각이 든 순간, 굉장히 좁고 울퉁불퉁한 길이 나왔다. 차 한 대만 간신히 갈 수 있는 길이었다. 그곳에서 다른 차를 만난다면 이러지도, 저러지도 못하는 상황이 된다. 아니나 다를까 우리 앞에 딱 막혀 있는 차를 만났다. 우리 차는 후진을 해야 하는 상황. 엄마는 후진을 시도해 보지만 차가 말을 듣지 않는다. 엄마의 얼굴빛이 변하기 시작했다. 잔뜩 겁을 먹고 있는 듯 보였다. 나보고 운전을 하라고 하신다.

내가 운전을 하기 위해 차에서 내리는데, 앞에 있는 차 뒤에 경찰차가 있는 것을 보았다. 나는 경찰차로 다가가서 도움을 요청했다. 경찰 두 분 중 한 분이 오셔서 후진을 시도했다. 하지만 그래도 차는 움직일 줄 몰랐다. 경찰 한 분이 운전을 포기해 불쌍한 표정을 짓고 있으려니, 다른 경찰이 운전대를 잡는다. 엄마는 볼일이 급하다며 차에서 내려 수풀 속으로 가셨다. 다른 경찰이 후진을 시도해서 한참을 뒤로 간 후에야 여유 길이 있어 차를 댈 수 있었다. 앞에 있던 차가 비켜 가고, 그제서야 앞으로 나아갔다. 경찰분들이 아니었으면 이 상황을 어떻게 극복했을까 생각하며 가슴을 쓸어내렸다. 이쯤 되면 우리에게 나타난 멕시코의 두 번째 천사라고 봐도 될까?

좁고 울퉁불퉁한 길을 간신히 지나자 차 두 대는 지나갈 수 있는 넓은 길이 나왔다. 그리고 옆으로 넓은 바다가 보였다. 이제 목적지에 다다랐음을 의미했다. 그리고 우리는 플

서먹한 엄마와 거친 남미로 떠났다

라밍고(홍학) 서식지를 보았다. 정말 수많은 플라밍고가 있었다. 환상적이었다. 사진을 찍고 가자며 잠깐 차를 세우고 우린 일제히 내렸다. 운전대를 잡은 엄마만 내리지 않았다. 드디어 도착을 했으니 고생은 끝났다며, 열심히 사진을 찍고 차에 타려고 하는데 엄마가 상기된 얼굴로 말했다.

"차가 안 움직여."

안 움직일 뿐 아니라 엑셀을 밟으면 밟을수록 차 바퀴는 모래 속을 파고들어 갔다. 딱딱해 보이는 잔디 위로 차를 댔는데 거기도 안전한 곳이 아니었던 거다. 계속해서 늪으로 빠지는 차를 보면서 마음이 쿵쾅쿵쾅 방망이질 치기 시작했다.

'여기는 아무도 없는데……'

지나가는 차도 보이지 않았다. 여기서 갇히게 되면 속수무책이었다. 여리여리한 세 명의 처자들과 함께 나는 힘을 써 보기로 했다. 차는 꿈쩍도 하지 않았다. 다시 한번 힘을 모으자고 했다. 여기서 못 나가면 끝이라고. 여리여리한 친구들도 사태 파악을 했나 보다. 힘을 쓰기 시작했다. 간절하면 통한다고 했던가. 움직이지 않던 차가 조금씩 올라오기 시작했다. 다행이었다. 그런데 너무 많은 힘을 썼는지 사지가 떨려오기 시작했다. 진짜 당황을 하긴 했던 것 같다.

거기서 과연 끝이었을까? 차가 굴러가긴 하는데 이번엔 차 밑에서 뭔가 질질 끌리는 것 같은 느낌이 든다. 이쯤 되면 차에 민감해져야 된다는 생각에 계속 주시하고 있던 차였다. 아까의 경험도 있고 해서 이상한 낌새가 보이자마자 차를 바로 세웠다. 그리고 내려보았다. 차 앞 밑에 달린 범퍼가 떨어져 끌리고 있었던 것이다. 이대로 가다간 그 범퍼마저 날아갈 판이다. 범퍼를 아예 다 떼고 가느냐 아니면 떨어진 범퍼를 들어 올려 밑에 닿지 않게 하고 가느냐의 문제였다. 맘 같아선 날려버리고 싶었지만 그럴 순 없었다. 범퍼를 떼어 낼

서먹한 엄마와 거친 남미로 떠났다

도구도 없었고, 그렇다고 범퍼를 들어 올려 묶을 끈 같은 도구도 없었다. 이 정도 되면 계속되는 시련 앞에 정말 눈물이 난다. 내가 총대만 메지 않았어도 난 저 뒤에 앉은 세 명의 여자들처럼 여유 있게 앉아 있었을 수도 있다. 하지만 여기선 내가 책임자였다. 어떻게든 해결을 해야 한다. 궁하면 통한다고 했던가. 마침 점심으로 먹기 위해 우리가 햄버거를 샀던 게 기억이 났다. 그때 각자 비닐봉지를 받았던 게 있었다. 난 그 비닐봉지를 모으자고 했다. 우리는 비닐봉지를 말아서 단단하게 끈처럼 만들고 그걸 이어 끈으로 만들었다. 완성한 비닐 끈으로 범퍼에 구멍 난 부분을 엮어서 들어 올려 차 윗부분과 묶었다.

그렇지만 범퍼는 계속해서 내려앉았다. 그런데 마침 맞은편에서 빨간 차가 길을 오더니 우리 앞에 섰다. 사실 우리 차가 길을 막고 있었다고 해도 과언이 아니다. 잘생긴 남자가 차에서 내리더니 뭐 도와줄 거 없냐고 묻는다. 난 기다렸다는 듯이 도움이 정말 정말 필요하다고 말했다. 멕시코에서 만난 세 번째 천사다. 그 천사가 안전하게 범퍼를 위로 묶어 주었다.

이쯤 되면 핑크 라군이고 뭐고 그냥 다 포기하고 싶은 마음이 든다. 하지만 우리는 숙소에서 차로 3~4시간 되는 거리에 와 있다. 서울에서 전라도 광주 정도의 거리라고 하면 이해가 쉬우려나? 우리는 비록 산전수전 공중전을 다 겪고 두 배에 해당하는 6시간이나 걸려 이곳에 도착을 했지만 말이다. 하지만 아직 핑크색 호수는 보이지 않는다. 뒤에 타고 있던 처자들은 그곳에서 사진을 찍으며 핑크색으로 사진을 보정하기 바빴다. 아침 일찍 와야 진정한 핑크색 호수를 볼 수 있다면서, 아무래도 우리가 너무 늦게 도착해서 핑크색이 빠진 것 같다고 했다. 그리고는 그 장소에서 한 시간 정도를 있었는데, 출발하려고 하는 순간에 사진을 찍었던 게 저장이 안 되었다면서 30분을 더 소비했다.

나는 사진을 찍고 싶지도 않았다. 의지가 안 되는 그녀들의 모습에 점점 짜증도 나고, 화도 나기 시작했다. 난 온갖 짜증을 엄마한테 풀기 시작했다.

"난 이래서 정말 여자들이랑 같이 다니기 싫은 거야. 누구 하나 도움이 안 되고 자기들 사진만 찍기 바쁘잖아. 우리가 뭐 지네 기사야?"

서먹한 엄마와 거친 남미로 떠났다

엄마 앞에서 이렇게까지 내가 화를 표현한 적은 없었지만, 솔직히 운전대를 잡았던 엄마는 더 두려웠을 것이다. 내가 느낀 것보다 훨씬. 그런데 엄마는 그 두려움을 숨기고 계셨다. 더 화를 내고 짜증 내는 딸이 앞에 있었기 때문이다. 엄마마저 그 두려움을 표현하면 안 된다고 생각했는지, 엄마는 애써 침착을 유지하시며 나를 위로해 주셨다.

"다 드라마를 쓰기 위한 작업이라 생각해!"

그 말 자체는 당장에 위로가 안 됐지만, 이미 나는 엄마한테 화를 내면서 혼자 마음을 풀고 있었던 거다. 그리고 차로 인해 생긴 일인데 어쩌면 난 애먼 사람들한테 화를 내고 있는지도 몰랐다. 화를 낼 대상이 필요했는데, 내 앞에 그녀들이 있었던 것이다.

그녀들의 사진 찍기 놀이가 끝나고 드디어 차는 출발할 수 있었다. 아침 8시에 출발했는데 오후 4시가 다 되어 가고 있었다. 그런데 차를 조금 움직이자 진짜 핑크빛으로 보이는 호수가 펼쳐졌다. 핑크 라군이 있는 라스 콜로라다스(Las Coloradas) 지역은 원래 소금 광산으로 유명한 곳이다. 소금에 있는 풍부한 미네랄로 플랑크톤과 갑각류들이 모여들어

호수가 핑크빛으로 보이는 것이다. 인내를 가지고 조금만 더 왔으면 되는데, 핑크 라군을 바로 앞에 두고 우리는 엉뚱한 데서 핑크 라군이라고 착각하면서 사진을 찍고 있던 것이다. 정말 허탈했다.

정작 핑크 라군에 있을 수 있는 시간은 단 10분이었다. 그래도 진짜 핑크 호수를 본 사실에 우리는 환호를 질렀지만 여유를 부릴 틈도 없이 사진만 찍고 서둘러 출발해야만 했다. 렌터카 회사가 문을 닫기 전에 차를 반납해야 하기 때문이다. 이 기분으로 차를 내일까지 가지고 있을 자신이 없었다.

왔던 도로가 아닌 반대편 도로로 나갔다. 길이 이렇게 잘 나 있을 수가 없었다. 진작 이 도로로 왔어야 했다. 정말 어이가 없었다. 어쩜 이런 일이 일어날 수 있는지……. 하지만 우리에겐 렌터카 회사라는 마지막 관문이 남아 있다. 내 카드와 운전면허증이 담보로 잡혀 있기 때문이다. 무사 무탈하게 반납이 되면 좋으련만. 가는 길 내내 가슴이 콩닥거렸다.

렌터카 회사에 도착을 하자마자 나는 무게를 잡고 이런 차인 거 알고 주었냐고 영어로 물었다. 대여해줄 때 영어를 곧

서먹한 엄마와 거친 남미로 떠났다

잘하던 직원은 못 알아듣는 척을 하더니 스페인어로 말하란다. 난 더듬거리며 스페인어로 설명을 했다. 의외로 아무 태클 없이 반납이 이루어졌다. 자신들도 이 차가 멀쩡한 차가 아니었단 것을 애초부터 알고 있었던 거다. 그렇게 아무 이상 없이 차를 반납하고 나서야 난 편히 웃을 수 있었다. 그나저나 기름을 가득 채워 놓았던 건 어쩔 건데!

아니다. 무사히 올 수 있었던 것에 그냥 감사하자. 더 이상 욕심부리면 안 된다. 핑크색이어야 했던 마음이 잿빛투성이로 변한 순간들이었지만, 그때마다 멕시코의 천사들이 나타나 도움을 주었다는 것. 그리고 기억할 건 핑크빛 마음은 나의 선택으로 이루어진다는 사실이다. 그 어느 누가 가져다주는 마음이 아니라.

딸   정말 핑크 라군 렌터카 사건은 특별한 경험이었다고 생각해
요. 당시에는 정말 힘들고 짜증 났지만. 엄마는 괜찮았어요?

엄마   내가 괜찮을 리가 있나. 괜찮은 척했던 거지. 거기서 내가 두
려워하는 모습을 보이면 어떻겠어. 거기에 차를 탔던 다른 사
람들은 더 두려워지겠지. 계속 기도하면서 갔지. 그래도 그
상황에서도 무사히 왔잖아. 나도 십년감수했어. 정말 두고두
고 못 잊을 경험이었어. 운전만큼은 자신 있었는데 자신할 게
아무것도 없어. 한국 가서도 운전 조심해서 할 거 같아.

내가 괜히 가자고 강력하게 말했나 하는 후회도 잠깐 됐는데,
그래도 인공적으로 만든 게 아닌 자연적으로 생긴 신기한 곳
들은 꼭 가서 눈으로 확인해 봐야 한다는 생각이야. 그래서
후회는 없는 거 같아.

자유 섬 투어 vs _____

_____ 패키지 섬 투어

_____ 쿠바에 있다가 온 칸쿤은 그야말로 천국이라는 표현이 딱 맞았다. 쿠바에서 너무 없이 지내다가(일단 쿠바는 공산품이 너무 비싸기에 슬리퍼가 끊어졌음에도 불구하고 이어서 신고 다녔었더랬다.) 칸쿤에 와서 쇼핑의 천국이라는 플라야 델 카르멘 거리를 돌아다니는데 눈이 휘둥그레질 수밖에 없었다. 난 우선 슬리퍼를 샀고, 떨어진 슬리퍼와는 작별을 고했다.

풍족할 때는 그게 풍족인지 모른다. 하지만 한 번 결핍을 겪고 나면 얼마나 풍족했었는지 다시 보이고, 감사하게 된다. 지금이 딱 그랬다. 원하는 물건을 마음껏 살 수 있는 것 하나만으로도 말이다. 하지만 때로는 너무 많은 선택 앞에서 뭘 선택해야 할지 모를 때도 있다. 그럴 땐 그냥 미니멀리즘의 삶으로 돌아가는 것도 좋다. 하지만 지금 이 순간만큼은 맘껏 누리려고 한다. 누릴 수 있는 칸쿤에 왔으니까!

칸쿤에 오기 전부터 섬 투어를 하고 싶었다. '여인의 섬'이라고 불리는 이슬라 무헤레스Isla Mujeres는 다녀왔던 사람이 추천을 해줘서 꼭 가야겠다는 생각을 했었다. 그리고 플라야 델 카르멘에서 서쪽으로 있는 코수멜Cozumel섬은 갈 생각이 없었는데 숙소 주인아저씨의 강력 추천으로 가야겠다는 생각이 들었다. 주인아저씨는 코수멜에서 스노클링하기 좋은 스폿까지 세세하게 알려주셨다. 섬에 가면 스쿠터를 타고 섬을 한 바퀴 돌아보고 싶었는데 '엄마와 함께'라는 걸 깨닫는 순간 나는 포기하고 만다.

　코수멜섬은 플라야 델 카르멘 선착장에서 30분 정도 배를 타고 가면 나온다. 이 섬은 생각보다 커서 차를 대여해서 드라이브를 하며 원하는 곳을 다닐 수도 있다. 우리는 그곳에서 스노클링을 하기로 선택했다. 엄마는 수영장을 열심히 다닐 정도로 물도 좋아하고 수영도 잘하신다. 하지만 스노클

링을 해본 적은 없어서 한번 해 보시라고 했다. 엄마는 몇 번 시도하다가 안 되겠다고 포기하시고, 배 위에서 물고기 떼들이 모여드는 것을 구경만 하셨다. 스노클링을 포기하면서 엄마는 이렇게 말씀하셨다.

"역시 사람은 놀던 물에서 놀아야 해. 민물에서만 놀다가 바닷물에선 못 놀겠다."

아니 무슨 엄마가 물고기도 아니고 말이다.

난 신나게 물속을 헤엄쳐 다녔다. 바닷속은 정말 아름다운 물고기들로 가득했다. 다른 곳을 여행할 때 스노클링을 해봤지만 코수멜 바다는 정말 맑았다. 조금 더 일찍 왔더라면 차를 렌트해서 코수멜섬을 신나게 한 바퀴 달렸을 텐데. 시간도 넉넉지 않고, 핑크 라군에서의 후유증도 있던 터라 스노클링을 마치고 근처 카페에서 바다를 바라보며 휴식을 취하다가 돌아가기로 했다.

조금만 더 체력이 되고, 조금 더 열정이 있었다면 더 많은 것들을 보러 돌아다녔을 텐데 이제는 포기할 것들이 더 많은 현실적인 여행이다. 내가 지금까지 해왔던 여행과는 사뭇 다른 느낌이다. 좀 더 안정적이고 편하게 다니기 위해 몸을 사리지만 어쩌면 경험한 것들이 많아서 그럴 수도 있다는 생각을 해본다. 그리고 엄마와 함께이니까!

이제는 바쁘게 뭘 보러 돌아다니는 여행보다 이렇게 휴식을 취하는 것이 더 좋다. 칸쿤에 와서 한가하게 쉬다 가고 싶으면 코수멜섬 안에 숙소를 잡고 온전히 휴식을 취하는 것도 괜찮을 것 같다. 실제로 비행기에서 만난 미국인 커플이 칸쿤 '호텔존'에 실망을 해서, 코수멜섬에 호텔을 잡고 온전히 일주일을 있었는데 너무나도 좋았다고 강력 추천을 했다.

서먹한 엄마와 거친 남미로 떠났다

이제는 바쁘게 돌아다니는 여행보다
이렇게 휴식을 취하는 쪽이 더 좋아

코수멜섬 투어가 온전히 자유 의지에 맡긴 여행이었다면, 이 슬라 무헤레스는 패키지여행을 신청해서 갔다. 투어 상품에 는 두 종류가 있었다. 소수의 인원이 카마타란 요트를 타고 가는 것(스노클링 포함)과 큰 배를 타고 가는 것(스노클링은 옵션) 이다. 스노클링은 해봤고, 수영도 할 게 아니기에 큰 배를 타 고 가는 것을 신청했다.

플라야 델 카르멘에 있다가 우리는 칸쿤으로 이동했다. 그 리고 이슬라 무헤레스에 가기 위해 선착장으로 가니 많은 사 람들이 기다리고 있었다. 대부분은 멕시코 사람들이었다. 이 사람들이 한배에 다 타는 것인가? 한참을 기다리다 인원이 다 모이니 줄 서서 배를 타러 들어가는데 워낙 사람이 많아 서 배 타는 것만 해도 시간이 엄청 많이 걸렸다. 일단 자리를 잡아 본다. 이윽고 배가 출발하고 우리는 점점 칸쿤 호텔존 과 멀어졌다. 그리고 배는 진짜 천천히 여인의 섬 이슬라 무 헤레스를 향해 갔다.

배에선 여행자들의 흥을 돋우기 위한 프로그램이 시작된 다. 나라별로 대표하는 사람들이 나와 그 나라 음악에 맞춰 춤을 추는 것이다. 미국, 이탈리아, 콜롬비아, 멕시코 등등!

서먹한 엄마와 거친 남미로 떠났다

각 나라별로 사람들이 나와서 춤을 추고 난 뒤, 사회자는 우리에게 다가왔다.

"Where are you from(어디서 왔어)?"

이렇게 물어보더니 추측을 하기 시작한다. 중국, 일본 등 되지도 않는 언어 흉내를 내며 사람들을 웃긴다. 대답하지 않으면 가지 않을 것 같아서 내가 아주 작은 소리로 대답했다.

"Korea."

대답이 끝나기가 무섭게 싸이의 '강남 스타일'이 나오기 시작했다. 춤을 춰야 하는데, 몸이 움직이지 않는다. 그런데 옆에 앉아 계시던 엄마가 갑자기 벌떡 일어나셨다. 그러더니 막춤을 추기 시작했다. 사람들은 엄청난 환호를 했고, 배에 탔던 사람들이 다 같이 일어나 말춤을 추며 모두 하나가 되었다. 사람들에게 기쁨을 주는 것도 좋지만 난 엄마의 무릎이 걱정되었다.

"엄마! 무릎은 어쩌고!"
"무릎이 문제야? 우리가 대한민국 대표인데 '썩쭈구리'하게 있으면 안 되잖아."

역시 '엄지척'이다. 어느새 엄마는 유명인이 되어 있었고, 사람들은 우리에게 참 친절했다.

배 안에서 모든 프로그램을 마쳤을 때 여인의 섬 항구에 도착했다. 이제부터 여기선 자유 시간이다. 바다 고래를 보러 스쿠버 다이빙을 신청해도 되고, 스노클링을 해도 된다. 골프카를 빌려서 여인의 섬 한 바퀴를 돌아도 된다. 이 모든 것들은 옵션이라 원하는 대로 신청해서 즐기면 된다. 우린 그냥 그늘에 자리를 잡고 누워 휴식을 청했다.

어느 정도의 시간이 흐르고 다시 칸쿤으로 돌아갈 때가 되었다. 돌아가는 배 안에서도 지루하지 않게 흥겨움을 돋우기 위한 직원들의 노력은 계속되었다. 배에 타고 있던 여행자들 모두가 라틴 음악에 맞춰 춤을 배우고 열심히 몸을 흔들었다. 여인의 섬에 대한 기억보다는 배 안에서의 기억이 더 날 것 같은 여행이었다.

서먼한 엄마와 거친 남미로 떠났다

평소 사람들이 많은 곳을 다니는 것을 좋아하지도, 몰려다니는 것을 좋아하지도 않지만 이번에 두 섬의 투어는 각자의 색깔대로 아름다운 색을 냈던 여행이라 생각한다. 자유롭게 다녔던 여행은 그 맛대로, 많은 사람들과 함께 한 패키지여행은 그 자체로 흥겨웠던 경험이었다. 무엇보다 엄마의 존재감이 확 살아났기에 그 자체로 의미가 있지 않았을까 한다.

이로써 엄마는 대한민국을 대표하는 댄스 여왕으로 등극했다.

딸 춤출 때 무릎 안 아팠어요? 난 엄마가 그렇게 열심히 춤을 출지 몰랐어.

엄마 뭘 하나를 하더라도 제대로 해야지. 그리고 거기선 우리가 대한민국을 대표하는 사람이었잖아. 그 사람들은 우리들로 인해 대한민국 사람을 판단할 거잖아. 그래서 무릎이 아프다는 것도 잊고 열심히 추었지.

딸 정말 호응 최고였어요.

엄마 그나저나 나도 그 배에서 춤을 췄던 건 못 잊을 거 같아. 이제 그렇게 할 기회도 없겠지. 한국 사람이 우리밖에 없었으니 가능했지. 많았다면 어디 기회나 있었겠어?

딸 그 말도 맞네요. 우린 정말 선택받은 사람들인 거 같네요.

더할 나위 없는 _____

_____ 천국

_____ 칸쿤은 크게 두 지역으로 나뉜다. 하나는 호텔 존이라고 불리는 곳인데, 고급 호텔과 리조트들이 해변가를 따라 길게 늘어서 있다. 여행객들을 상대로 하는 비싼 관광 지역이다. 다른 하나는 해변가에서 버스를 타고 한 번 더 들어가야 하는, 칸쿤의 일반 주민들이 주로 살고있는 다운타운 지역이다.

플라야 델 카르멘에서 칸쿤으로 이동하면서 고민이 되었다.

'올 인클루시브 호텔에 가고 싶은데 신혼여행으로 미뤄둬야 하나?'

이런 생각을 하다가 그냥 올 인클루시브 호텔을 예약하기로 했다. 언제 신혼여행을 가게 될지도 모르고, 엄마와 함께 가는 것도 의미 있겠단 생각이었다. 금액은 쿠바 바라데로에서 갔던 호텔보다 무려 5배가 넘게 비쌌다(굳이 이렇게 비교를 하게 된다). 카드 결제까지 마쳤는데 엄마가 말씀하신다.

"내 카드로 하지 그랬어!"
"좀 더 일찍 말해 주시지. 결제 다 했는데."

최고급 호텔은 뭐가 다른지 느껴보고 싶은 마음도 있었다. 생각해보니 내 삶의 방식도 많이 변했다는 느낌이 든다. 예전에는 합리적인 가격을 선택했을 거다. 하지만 지금은 최고는 왜 최고가 되었는지에 대한 관심이 많다. 그래서 보고 싶은 것, 하고 싶은 것에는 과감하게 투자를 한다. 그 선택을 하기까지 고민도 많이 하지만 말이다. 칸쿤이 마지막 여행지였기 때문에 호사를 누려야 한다는 생각도 했다. 무엇보다 이제껏 여행하느라 고생하신 엄마께, 그리고 날 낳아주시고 키워주신 엄마께 최고의 선물을 드리고 싶은 마음도 있었다.

서먹한 엄마와 거친 남미로 떠났다

이제껏 고생하신
엄마에게
최고의 선물이 되었으면
...

칸쿤 다운타운에서 택시를 타고 호텔존으로 들어갔다. 바다 옆, 28킬로미터로 길게 뻗은 도로에 호텔들이 즐비하다. 예약했던 호텔에 내리자 호텔 직원이 짐을 내려주고, 따뜻한 물수건과 웰컴 드링크까지 내어주며 친절하게 맞아준다. 별거 아닌 거 같지만, 사소한 것에서 오는 아주 큰 차이. 이 차이가 1급과 2급을 판가름하게 한다. 호텔에 들어가는 순간부터 대우받는 느낌에 기분이 좋아진다.

호텔에서 체크인을 하고, 식사를 하러 내려갔다. 낮에는 뷔페식당에서 선택을 해서 먹을 수 있고, 저녁에는 원하는 레스토랑에 가서 식사를 할 수 있다. 한식, 중식, 일식 등 레스토랑 자체가 다채롭고 고급스러웠다. 음식의 퀄리티도 남달랐다. 먹고, 놀고, 쉬고…… 그야말로 한량 놀이에 딱 맞다. 쿠바에서도 그렇긴 했지만, 느껴지는 감흥이 남다르다. 긴 여정의 피로가 이곳에서 한꺼번에 해소가 되는 듯하다. 천국이 이런 풍경이 아닐까 한다. 호텔에서는 여러 가지 프로그램과 이벤트를 진행하고 있었고, 원하는 대로 즐기면 되었다. 시간이 한정되어 다 누릴 수 없다는 사실이 안타까울 뿐이었다.

서먹한 엄마와 거친 남미로 떠났다

오후의 햇살은 너무나도 강해서 숙소에서 쉬다가 해가 질 때쯤 해변으로 가본다. 칸쿤의 바다는 그 어떤 말로 표현할 수 없을 만큼 예쁘다. 쿠바의 바다와는 또 다른 느낌이다. 바다를 바라보고 있는 것만으로 가슴이 벅차오른다. 칸쿤의 바다는 자존심을 지키며 이렇게 말하고 있었다.

"내가 이 정도의 바다야!"

엄마가 하얗고 고운 모래를 보더니 '떡가루' 같다는 표현을 하셨다. 해가 질 때까지 잔잔한 에메랄드빛의 카리브해 해변에서 우린 수영을 즐겼다. 무한으로 제공되는 칵테일과 함께. 이곳은 아이들과 함께 가족 단위로 오는 사람들이 많았다. 바다 위로 지는 일몰을 바라본다. 엄마와 함께 이런 근사한 경험을 할 수 있어 축복이란 생각이 든다.

저녁 식사 시간이 되어서 우리는 코스별로 먹을 수 있는 레스토랑을 선택해서 들어갔다. 정말 이것저것 먹고 싶은 것들이 한가득한데 금방 배가 불러 다 못 먹는다는 사실이 슬펐다. 음식에 그다지 욕심이 없는 나인데, 이상했다. 식사를 마치고 나오자 메인 광장에선 멕시코 전통 공연이 진행되고 있어서, 공연을 구경하고 배우들과 기념사진을 촬영했다.

하루의 일정이 다 끝났다. 우리는 바다가 보이는 야외에 있는 소파에 앉았다. 바람도 솔솔 불어온다. 계속 기분이 좋아진다. 많은 표현이 없던 엄마가 이런 말을 하신다.

"너무 좋다. 너무 좋아. 진짜 좋아."

이 말을 백 번쯤은 하신 것 같다. 엄마가 행복해하니 나도 행복하다. 자식들을 키워 내느라 억척스럽게만 살아오신 엄마. 지금 우리가 누리는 이 모든 것들이 우리 부모님들의 노력이 있었기에 가능한 건데, 살아온 환경이 달라 세대 차이가 느껴진다면서 그냥 무시하지는 않았는지. 해주신 것이 많은데, 안 해준 것만 생각하면서 부모님에게 억울한 마음을 갖지는 않았는지……. 돌아보게 된다.

생각지도 못했던 엄마와의 남미 여행, 교통사고처럼 정말 갑작스럽게 왔지만 그 모든 것들이 우리를 위해 계획된 일인 것만 같았다. 비로소 이 여행의 끝에서 그 어떤 일도 우연은 없다는 생각이 든다. 그리고 이렇게 엄마랑 단둘이 지상 천국이라는 칸쿤까지 와서 바람을 함께 맞고 있다는 사실이 새삼 감격스럽기만 하다.

서먹한 엄마와 거친 남미로 떠났다

"너는 배낭여행자고, 나는 '따라지' 여행자!"

명령 한 번 하지 않으시고, 불평 한 번 없이 자신이 짊어야 할 짐을 지고 아픈 무릎에도 아프다고 내색하지 않으신 엄마. 끝까지 나를 인정해주시며 그 험하다는 남미 여행을 다 마치셨다.

　그저 존재만으로도 큰 힘이 되는 사람이 '엄마'가 아닐까 한다. 가끔은 독설을 하기도 하고, 뼈아픈 말들에 상처받고 반항을 한다. 가족이기에, 가깝다고 생각하기에 서로 상처 주는 말도 한다. 하지만 이내 누구보다 날 위하는 마음에서 나온 말이고, 표현이 서툴러서 그런 것임을 깨닫고 반항한 것을 후회하기도 한다. 살아온 방식이 달라 서로 이해할 수 없는 부분도 있고, 엄마의 방법이 답답하면서도 안쓰럽게 느껴질 때도 있다. 하지만 나도 모르게 그런 엄마의 삶의 방식이 나에게 영향을 미치고 있었다.

　눈물이 끊이지 않는 20대를 보냈다. 힘든 시간도 많았지만 결국은 다 내가 겪어야 하는 일들이었다. 그 과정 속에서 나의 정신적인 근육들이 단단해지고, 많은 성장을 이루었다.

서먹한 엄마와 거친 남미로 떠났다

비로소 이 여행의 끝에서
그 어떤 일도 우연은 없다는 것을 알았다

그때 무엇보다 엄마는 엄마의 인생을 나에게 강요하지 않았고, 묵묵히 기도하며 내가 하고자 하는 모든 것들을 지지해 주셨다. 그랬기에 지금의 단단한 내가 있는지도 모른다. 오늘은 엄마께 이 말을 전해야만 할 것 같다.

"내 엄마가 되어줘서 감사해요. 그리고 사랑해요."

세상의 모든 엄마들에게 전하는 딸의 마음이기도 하다. 남미 여행을 끝내고 떠나는 이 시점에 나는 또 다른 곳에서 엄마와 함께 하는 여행을 꿈꿔 본다.

서먹한 엄마와 거친 남미로 떠났다

딸   이제 진짜 마지막 날이네요. 이날이 올 줄 알았나요?

엄마   올 줄은 알았지만, 안 오길 바라기도 했지. 그래도 한국에 있는 가족들이 계속 걱정되기도 해.

딸   지금 이 순간의 기분은요?

엄마   꿈을 꾸고 있는 것 같이 행복해. 바람을 맞고 있는 순간도 너무 행복하고. 그런데 두고 온 가족들이 생각나는 건 어쩔 수 없나 봐. 딸과 함께 여행해서 너무 좋지만 온 식구가 다 같이 함께 누릴 수 있었으면 좋겠어. 다 같이 모여서 함께.

딸   언젠가 머지않은 날에 그런 날이 오겠죠. 그래도 중간에 돌아가냐, 마느냐 하기도 했었는데 끝까지 다 마쳤어요. 감사해요.

엄마   내가 더 감사하지. 생각지도 못한 남미 여행을 이렇게 할 수 있게 해 주고. 정말 기적 같은 날들이었다고밖에 표현이 안 돼. 평생 이 추억으로 살 거 같아. 기적을 만들어 줘서 고마워 딸아.

멕시코

여행의 추억으로
오늘을 살아간다

귀국 후 시간이 꽤 지났다. 전에는 보지도 않던 여행 프로그램을 챙겨본다. 엄마와 함께 갔던, 여행지에서 만났던 분이 TV에 나온다. 반가운 마음에 엄마한테 곧장 전화를 했다.

"엄마! 지금 텔레비전 켜 봐요. 저기 기억나죠?"
"그럼! 당연하지!"
"저분도 이렇게 TV에서 보니 반갑네요."
"잘 지내시는 거 같네."

그리고 우리는 그동안 못다 한 이야기들을 미주알고주알 풀어 놓는다. 전에는 생사만 확인하고 서둘러 끊었던 1분도 채되지 않던 통화 기록이 몇 배나 늘어나 있다. 엄마 또한 익숙한 곳이 TV에 나올 때마다 나에게 메시지를 보낸다.

지금 TV에서 쿠바가 나오고 있어. 오늘도 이쁜 딸과의 배낭여행이 이어지는구나! 영원한 추억 속에 사네! 기적 같은 날들. 행복하셈.

생각해보니 정작 여행을 했던 시간보다 추억하며 회상하는 시간이 더 긴 것 같다. 공통의 추억이 있다는 것은 이래서 중요한 것인가보다. 앞으로도 "그때 그랬잖아"를 반복하며, 회상하면서 엄마와 함께 이야기를 나누고 있을 것이기 때문이다. 그리고 그 추억은 평생 살면서 삶의 기쁨과 원동력이 될 것 같다.

여행을 통해 일상에서는 속속들이 알 수 없었던 엄마에 대해 깊이 알 수 있었다. 그리고 이해하게 됐다. 이렇듯 평소와는 전혀 다른 공간에서 함께한다는 건 서로에게 큰 의미를 가져다준다. 소중한 사람과 낯선 곳에서 발견하는 새로운 추억이 매일의 삶에 기적이 된다.

엄마의 무릎이 허락하는 한 앞으로도 이곳저곳 새로운 곳을 여행하며 좀 더 많은 추억을 쌓아가고 싶다. 과거 어릴 때의 추억들을 회상하며 머무르는 것이 아니라, 앞으로 꺼낼 수 있는 추억들을 계속해서 공유하고 싶은 바람이다.

여행하는 동안 많은 일들이 일어났지만 집을 지켜준 아빠와 언니, 그리고 동생과 올케에게 감사의 말을 전한다. 항상 주변에서 응원해주시고 도움을 주시는 분들과 이 책이 나오기까지 애써주신 모든 분들께 진심으로 감사하다고 말하고 싶다.

감사합니다.

데면데면한 딸과 엄마의 3개월 남미 여행

서먹한 엄마와 거친 남미로 떠났다

제1판 1쇄 발행 | 2021년 5월 28일
제1판 2쇄 발행 | 2021년 7월 9일

지은이 | 조현주 · 이명희
펴낸이 | 유근석
펴낸곳 | 한국경제신문 한경BP
책임편집 | 노민정
교정교열 | 김가현
저작권 | 백상아
홍보 | 서은실 · 이여진 · 박도현
마케팅 | 배한일 · 김규형
디자인 | 지소영
본문디자인 | 디자인 현

주소 | 서울특별시 중구 청파로 463
기획출판팀 | 02-3604-590, 584
영업마케팅팀 | 02-3604-595, 583   FAX | 02-3604-599
H | http://bp.hankyung.com   E | bp@hankyung.com
F | www.facebook.com/hankyungbp
등록 | 제 2-315(1967. 5. 15)

ISBN 978-89-475-4722-2   03810